大展好書 好書大展

大展好書　好書大展

消遣特輯

51

幽默選集編譯組

美國式幽默

大展出版社有限公司

印行

序言——

資訊爆發的時代裡，我們的視野終歸偈限在本土狹小的地方，無法體會廣濶無邊、一望無際的感覺。我們每天像小白老鼠般，來回奔走於住家和工作場所之間，這種生活的方式就成為生命中唯一的一切，自然而然就比較容易使思考的方式亦相對地受到限制了。

可是我們不應忘記這世界是十分廣濶的。胸懷廣濶的幽默，可說是生活在廣濶的世界各地中，心胸寬大的人們所創造出來的吧！

目錄

太陽亦上升

金錢爲誰而響

愛情的單程票

目　　錄

美國狂想曲

天堂的這一方

抓不準的公共汽車

新天地帶來的幽默

美國一向有被稱爲種族熔爐的說法。此外，由於各種不同的民族混雜在一起，並長時間地混雜居住在同一個地方之後，則自然不知不覺間，除了存在著各民族的特性外，還會有一點所謂美國特性的產生，這種特性就成爲了全體國民所共有的特性。

所謂幽默或者是笑話的東西，在所有的組成民族之中，當然有其各式各樣的獨特型態，以及一些共通的成分存在，但追根究底必然會受到美國本土風俗習慣的影響，這樣就會無形中不斷形成了所謂美國本土的獨特風格。

新大陸這個名稱所蘊含的意義，表示美國在其開拓的時代之中，是不斷令人擁有新希望、新目標的新天地，人們在這裏每天都充滿著希望和幻想。確實如此，這裏曾經展現出無窮無盡、廣大深遠的一面，令人心醉。

在這裏有的是延綿不斷、無邊無際的樹林海洋，拓開了隧道、可通汽車的龐大巨樹，分不清是河還是海的密西西比大河，廣濶無際的大沙漠與大草原，令人無法想像的無數的野牛群。在這裏更挖掘出油田，以及令人垂涎的黃金美夢，於是人群就不斷地向西部移居。

在這種壯麗濶大的自然優美環境之中，人們自然而然會養成了質樸、樂天派、喜歡高談濶論的性格來，從而，使得天眞孩子氣的吹牛大話式的幽默，逐漸發展出來，並成爲其中的主流。

這些大話吹牛又可稱爲（Tall Tale），大都是由進入未開發的西部和南部的開拓殖民者所不斷創造出來的，並且在酒吧中、夜總會中，人們爲了互相吹噓其臂力與智力，加上喝酒的興頭的催使，不斷把它們誇大化，口耳相傳地流傳開來。

這些大話西遊式的吹牛皮，不論其是實在的，還是完全虛構的，都漸漸形成一種英雄心理的基本特性。這或許是類似於德國吹牛皮大王男爵系譜式的東西，無論如何，當這些各式各樣的美國人，出現在一起的時候，提出到底所謂美國式的幽默是怎樣的問題時，就自然會想到一個必然的答案吧！不過，與其將其抽象的特性表示出來，不如把主角一一個別介紹，將更爲適合吧！

新大陸的英雄們

加里福尼亞州的議會議事堂內有一副這樣的銘刻
「稱我爲衆山脈中雄壯威武的男兒吧！」
就在這樣的歡呼中，希望議員們順利的就職。

＜尊尼・阿布羅斯度＞

麻薩諸塞州出生的蘋果樹栽種者。
他在賓夕凡尼亞州、俄亥俄州、伊利諾州、以及印地安那州等各地到處流浪了五十年。一邊從事其傳教活動，一邊熱衷於將蘋果樹的種子沿途不斷散播，因此，據說上述四州等的蘋果樹，大部分都是他所散播的種子所蔓生出來的。
據說，尊尼在呱呱墜地誕生之時，正是在大風暴強烈吹襲之中，但其啼哭之聲，瞬時使太陽的光輝，燦爛地普照大地，美麗無比的彩虹盡頭，將尊尼家中的蘋果樹花染上七彩斑斕的顏色，所以這些樹的種子就成爲以後散播的原種了。

＜班尼・比爾＞

緬因州海岸的巨鳥。

他能夠一舉將一隻馬匹擊殺死亡，又能把二百磅重的水桶輕而易舉地提起來，徒手就能把吵架的對手胸部打穿，並拉著漁船越過堤防。一八九九年才去世。

〈皮克斯・比爾〉

他出生於德克薩斯州，像牛仔們的神祇般降臨世間。年幼時和土狼是很要好的朋友，能夠自由地與牠們說話。當土狼在月夜的晚上，拖著長長的尾巴，發出無意義的聲音時，據說就是要呼叫牠們以前要好的朋友比爾。

有一次德克薩斯州發生了大旱災，比爾知道大旋風出現在奧克拉荷馬州，於是他一飛冲天，騎在大旋風的頸脖子上，並制伏之，然後挾著狂風暴雨，直往德克薩斯州前去，使大雨傾盆而下，解救了大災難。

不久，他和母老虎甜蜜蘇在一起生活。

〈比利・莎・基度〉

他是在紐約州出生的犯罪專家。

從幼年時開始，他就輾轉流離於肯薩斯州、新墨西哥州，十二歲時開始第一次殺人，一生中總共殺過二十一人，二十一歲時就被有親戚關係的警長所槍殺，是美國典型的惡棍。

＜保羅・巴尼仁＞

希臘神話中的赫克力士，被喻爲英雄中的大英雄。

據說是美國西北部中活躍的樵夫，發明了磨刀石和二人互相拉引的鋸子。亦有傳說電話及機車亦是他所發明的。在他是小孩子的時候，曾經因爲將在東海港處繫著的搖籃，猛烈地搖動起來，結果新英格蘭地區的海邊村落全都因此沉沒在海岸之中。

巴尼仁因爲拖著十字鎬走，所以據說就這樣形成了大峽谷。當他建立起高層的酒店時，像要到達月亮的最高七層，像鐘擺般搖動起來等的傳說亦不少。

＜特比・克羅格特＞

德薩斯州開拓者中的政治家。

他最後死於亞拉莫城堡戰役中。他是一位能說各種動物語言的狩獵家，能夠乘著雷電，飛翔在天空之中，並把空中不祥的掃把星摘下來，投到宇宙的盡頭之處，然後使凍結的地球溫暖起來，並再行轉動。

＜麥高．費恩克＞

匹茲堡出生，密西西比河上的船夫。

他吹噓自己是半馬半鱷的化身，並且是來福槍的好手。喝醉酒的時候，把頭上放著的威士忌酒杯作為目標，可以從三十英呎以外的地方將之擊落。若從船上對準岸邊的野豬，可以在五十英呎外的距離，將其尾巴打中。

＜費保爾度．費保爾度遜＞

內布拉斯加的農夫。

他能夠巧妙地以機械來改變天氣。有一天霧很大的時候，當要通過它，必須將人身旁的霧直接推開才行，否則無法走過去，因此他立刻自倫敦訂來一套除霧機，才能把霧除掉，並且爲了農作物免於受損，所以把霧都從地上吸收至地下去了。

結果，每逢春天來到的時候，這些被吸收的霧的一部分就會從泥土表面跑上來，所以據說現在在內布拉斯加州的道路上，每逢春天都會變得泥濘不堪呢。

＜約翰・亨利＞

西維琴尼亞州的保線區員。

出生時重達三十三磅，也不喝牛奶，據說和七隻豬的首領一起吃光了三大鍋子的豆。爲了挑戰新式的蒸汽鑽機，所以徒手作鎚，挖掘隧道，最後雖然能夠以些微之差得到勝利，但也因此而力盡死亡。

＜者斯・詹姆斯＞

能夠與英國的羅賓遜・庫特相比的俠盜。

他勇氣十足，連續不斷地作了很多膽大包天的違法事情。開始時做了六件的銀行搶刼案，然後成爲歷史上第一名火車大盜，不過他另一方面却是一名協助弱小的俠盜。

〈祖兒・馬軋拉克〉

身高七英呎，是匹茲堡的鋼鐵英雄。

他每天在鐵工廠中晝夜不休地工作，把熔解的鐵水從指縫間擠過去，立刻就形成四條鐵路軌，這樣兩隻手就可製造八條鐵路軌了。據說他的身體就是由鐵所鍊成的，因爲聽說師父的新工廠需要製造最好的鐵成品，於是就將自己的身體，投入溶解中的鐵水之中，最後仍然快快樂樂地死去。

〈莫　斯〉

紐約百老滙愛打扮的美男子。

他瀟灑漂亮，又風趣十足，所以描寫他的事蹟之作品都能獲得大大的成功。他又曾協助被困於火災現場的小孩，脫離險境，因此而成爲傳說中的英雄人物。

〈山姆・柏特〉

美國首屈一指的高空跳躍能手。

從前他原本是一名紡織工人，但不久就開始在街上遊蕩，喜歡從船桅上、懸崖上、橋上飛躍下來，以後就一直以此爲業了。他是在一九二九年從尼加拉瓜大瀑布上飛躍下來而一舉成名的。他接著又從紐約州的珍納斯瀑布上跳下來，但後來却從此行踪不明。不過很多人不相信他眞的已經死亡，也許當初是用玩偶代替自己從瀑布上拋下去的，據說山姆現在仍然活著。

〈史立比・庫巴〉

他是世界上第一流、快速拿手的大型廣告畫畫師。

在空中寫字是他的拿手絕活，能夠繪出各式各樣美麗的色彩，如果天氣好的話，他每天都會出現呢。他畫的畫就算是飛鳥飛過也不會因此而消失，不過，如果有雨落下的話，就會自動散開來，當雲經過時就自然形成了七彩繽紛的美麗彩虹。

〈鍾那遜・史力克〉

瘦得像一根鐵絲似的北佬，在美國各地行商的商人。

有一次來到來自奧蘭度的殖民者住家時，發現當地的婦女十分愛乾淨，常常用洪水般大量的水來清洗地板，因此聽說當地人都長出了像鵝蹼的東西來。妹妹蘇珊聽到了以後，就圓瞪著眼睛問道：「眞的嗎」「遺憾的是，鞋子還未脫掉呢。」

＜史他格利＞

把靈魂都出賣給魔鬼，並戴著魔法的帽子，拿著吉他，在美國到處放浪形骸的男子。

有一次來到三藩市的時候，因爲口喝所以走入一所酒吧內，叫了一杯琴酒，但因爲身邊不名一文，所以被酒保嘲笑，就想：「好吧，讓我一下子把這家那麼大的房子毀掉吧！」就這樣集中了全身的力氣，把柱子推倒。「噢！這是怎麼搞的，房子都崩落了」，周圍的人就邊說邊往外面，慌慌張張走出去，却發現全村的房子都正在傾倒之中呢！大家就都以爲發生了大地震，爭相走告。

「不好了，因爲村中的水管都連接著的，我因爲把酒吧的水龍頭也弄壞了，所以弄得全村都被破壞了。」史他格利得意洋洋地說。

〈卡芙丹・史多馬洛克〉

駕駛阿爾巴托洛斯號，遨遊七海的男子。

有一回駕船進入杜拜海峽時，發現海峽太狹，看來無法通過的樣子。於是就想到了一個方法，叫所有船員把肥皂塗在船底之上。就這樣，船立刻就能迅速通過，但不知道怎麼搞的，杜拜海峽兩邊原本是深黑色的懸崖，但當船身擦過後，竟然變成像鯨魚腹般的白閃閃的顏色呢！所以到今天，如果通過杜拜海峽時，都仍然可以看到兩邊懸崖的顏色都是白的。

這些具有特色的英雄，不單只獲得了美國大衆心理上的共鳴，而且因此也爲這方面添加了不少可供茶餘飯後談笑的資料。他們不光只是出現在散文中，也由於巴車爾・林勢及史提芬遜・文生・班拉等的努力，英雄們亦能出現在詩歌裏，芭蕾舞中，甚至有時候也譜進歌曲裏，令大家都喜歡唱起來。

不過，不管怎樣，總是會出現小氣、寒酸、無知、頑固等等，在世界各地一般都會有的可笑對象，美國的笑話之中也不例外，這些可笑的人物亦十分常見。

特別是在新英格蘭地區，因爲直接繼承了英國的傳統風俗習慣，所以更容易出現反諷式的笑話。

其中粗心大意的典型，莫如糊塗書呆子的教授，只不過將牛津、劍橋等大學的名字，變爲耶魯、哈佛而已，這些人物亦屢屢出現。

名人逸話中機智的回答亦常出現，這也是世界共通的吧！

十九世紀的笑話

如果要舉出美國第一的幽默作家，恐怕非馬克吐溫莫屬了。有名的「跳蛙」中，雖然都是捉弄人的蠢話，但却都不是俗話俚語式的幽默。在「紅毛毯遊歷記」中，就以美國現有文化中的質樸和率直性格爲中心，來描述的。描寫在密西西比河流域中自由自在地活躍的孩子的生活，可以在「赫格魯比利・費恩」一書中見到，是以天眞無邪、爛漫無知式的幽默爲素材而寫成的。「阿逑王宮殿的康乃狄克北佬」一書則利用倒錯的時空，巧妙地諷刺政治的問題。短篇小說「列車中的食人族」則含有興味的黑色幽默。

此外，南部黑人因爲生活在差別待遇的呻吟之中，所以也就保持著獨特的幽默形式，經由蘭克斯敦・侯斯等人的努力，使大衆開始了解明白，大概以後就會像猶太式的幽默一樣，爲大家所熟知吧。

二十世紀的笑話

這個時候，除了受歡迎的天眞爛漫式及純樸的美國笑話外，也逐漸出現了多樣化的其他方面的趣味。

其中之一個理由是，像紅毛毯式的笑話，除了單純地回顧舊時代的風俗習慣外，兼且暴露了不少主角的缺點，如缺乏教養、暴發戶心態、言語乏味、自得意滿等，以致原本的誠意與樸素的表現，却被人輕蔑、討厭。此外，諸如其他國家的人亦成爲笑話的對象，也有關係吧！

這樣的話，則幽默感的本質必然因此而有所改變。艾度溫・阿靈頓・魯賓遜的詩中，出現了各種不同，已不一樣的美國人，各自洋溢著相異的感情，如傾慕中世紀，憎恨現代所特有的庸俗之氣的米利巴・狄比，以及看來過著衣食無憂，生活優雅的李察・哥利，却突然以手槍自殺。雖然描寫的是在高度及急速物質文明氾濫的現代社會中，難以適應的人的情狀，但總是有點令人感到有輕微的幽默感的存在，不就反映出對現代社會中的矛盾之恐懼心理。

繼承馬克吐溫的幽默作家有占姆沙巴等，所描寫的人類社會中各種情狀的故事，與魯賓遜小說雖有共通之處，但相比起馬克吐溫的作品來說，就會感受到十九世紀與二十世紀的差別所在了。

舉例來說，像由丹尼．基主演的「抓住彩虹的男人」是一部大受歡迎的作品，原作小說是「華爾特．米蒂的隱蔽生活」，其中描述了處處遭受挫敗打擊的小市民的心聲，以及呆板、怕老婆的弱小男生，相比起十九世紀中，像漲滿了風的帆船般的幽默感，可以說已經變成像失去了風的推動力的帆船一般，實在令人感到有悲哀之感。

這種情形就像人到了晚年時身體不再硬朗，心情也變得充滿了悲觀主義了。像「美妙偉大的〇」中的言語遊戲，可以解除憂愁的心情，於是這些言語的遊戲、定義式的警句、以及謎語等，近來在幽默與笑話的世界裏，佔了很大的一部分。

以定義式的警句來說，像安甫羅斯．比亞的「惡魔的辭典」，就受到極大的注意與最高的評價，不只是妙語如珠，而且時而辛辣，時而引人發笑的機智，確實能夠在這個乏味的時代，吸收不少人的注意。其中如：

——禁酒家就是容易屈服於壓抑自身快樂的誘惑的人。

——知己就是當向你借錢時表現十分親切，但當要借錢給你時却表現冷漠的人。

——雖然處在人人瘋狂的社會中，仍能分析自己的錯亂的人就叫做哲學家。

謎語方面，最近亦不乏喜歡的人。

但是由於大都是聯想與諧音，很多都使外國人難以明白的，試舉一些例子如下：

謎面：蜜蜂怎樣處置蜜糖呢？

答案：They cell it．cell（蜂房）與sell（賣出）諧音。

謎面：溜冰鞋與蘋果有那些相同的地方？

答案：都關係到人類的fall（即滑倒與墜落）。

謎面：接吻與醜聞有那裏相似？

答案：都是口口相傳的。

謎面：去看尼加拉瓜大瀑布的人與不去看的人，有那裏不一樣嗎？

答案：前者去看mist（瀑布的霧氣），後者則missed（錯過了）這景色。

謎面：動物去旅行的時候，誰帶了最多的行李，又誰帶最少呢？

答案：象帶最多行李。因爲不帶Trunk（有行李與象鼻二意）也不行。帶得最少的則是狐狸與公雞。因爲狐狸除了brush（尾巴與牙刷兩個意思）以外也不帶什麼，而公雞則除了comb（同爲梳子及雞冠之意）以外也不拿什麼。

言語的遊戲方面，最成功的莫過如奧古定•拿素詩人。雖然自一九三〇年代開始，喜愛的人已經比較少了，但仍有不少人在閱讀呢。他受歡迎的秘訣在於，常常發展各種不同，實驗性的方法，創造諧音的笑話，並利用種種形式的幽默，散播不絕的笑話，笑話之中更包含了對社會和人性的銳利批評。

以「日本人」一詩作爲例子說明。

日本人十分有禮貌
「對不起！請！」成爲口頭禪
笑笑地說「抱歉啦」
點頭謝意、親切地微笑
呼叫面有飢色的親戚進來

微笑地、親切地點頭致意

「抱歉，這裏已經是我的庭院了」

這個時候發怒的話就不好了。不能自嘲的人，也就不懂得幽默了。更必須抱有縱使對方是敵，也應以笑容相對的信念。不過，從這首詩亦可看出，日本人表面殷勤，內心輕蔑的態度。

幽默的方向

作詩的技巧除了押韻以外，還有以合宜的方式進行的言語遊戲。

英詩中自古以來就有所謂的五行詩，常以諧音和荒謬的題材爲樂。除了荒謬以外，有時還帶有不少的色情成分，以及所謂黑色幽默。如果要把諧音的笑話翻譯出來，是不太可能的。所以把原文抄錄下來，以饗讀者。

A corpulent maiden named kroll,
Had an idea exceedingly droll,

At a masquerade ball,
Dressed in nothing at all,
She twisted the rock and the roll.

一個胖妞名叫克奴爾
有了一個非常胡鬧的心眼兒
在一個化粧舞會上
不掛一縷絲在身上
她扭著腰跳她的樂與怒

當文明時代來臨後，無論是幽默或笑話，大概就會出現這類荒謬的表現。

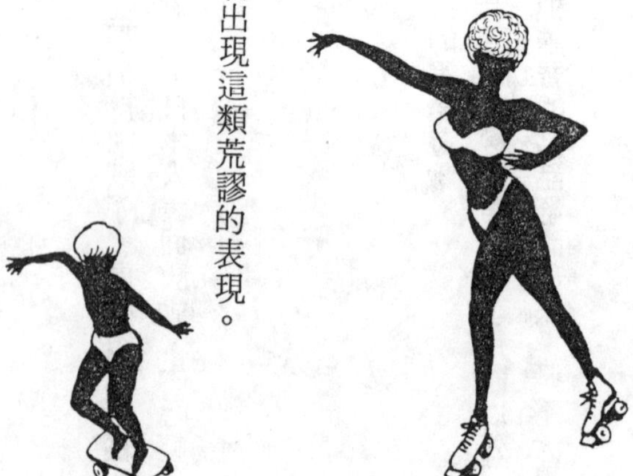

星條旗永遠飄揚

「人人生而平等」這句話是獨立宣言的基礎，由此美國得以建國。除了要宣揚自由和平等的理念外，更要衆多努力參與的政治家們，理想才能實現。無論是政治性的演說，或鼓吹理想等枯燥乏味的說話，一般大衆都是比較難接受的。因此，能夠突顯語言微妙之處的俏皮話、挖苦、警語等，不但可使人們打開心扉，更能使政治家的理想，得到實現。

拍手與選票

據說甘迺迪總統除了喜歡駁斥反對者外，更愛嘲弄對方。

有一次在俄亥俄州哥倫布市舉行的晚餐會上，他的蒞臨獲得大家熱烈的歡迎。

在等待滿堂掌聲沉寂的同時，總統說道：

「在美國所有的市鎮當中，俄亥俄州哥倫布市是唯一的一個地方，使我雖然得到了最多的掌聲，却最後只得到最少的選票。」

道理在此

「先生、女士：據我所知，最後一次來訪到此的總統候選人是一九二八年的哈佛特・胡佛。胡佛總統來訪時曾提出了一個競選口號：『每個鍋子裏都應有二隻雞』。結果從此以後，總統候選人都不敢再來此了。」

一九六〇年七月二十一日

田納西州布利斯頓爾市發表的甘迺迪總統演說

戰爭英雄

當甘迺迪總統旅行到加州時，有個少年問道：「怎樣才能成爲戰爭的英雄。」

「這也不是我自願的，是敵人把我們的船先打沉的。」

偏袒自己人

甘迺迪總統參加弟弟羅拔的就職典禮時，對面前的批評家說道：

「在成爲律師以前，先讓他有法務部長的法律經驗，我認爲沒有什麼不對的地方。」

機密洩漏

這是甘迺迪總統喜歡引用的一則笑話。

有一次一個俄國人在克里姆林宮外大聲嚷道：

「費爾斯佐夫是個大混蛋！費爾斯佐夫是個大混蛋！」

結果男人被捕，處以二十三年有期徒刑。據說侮辱黨書記的罪處罰三年，而洩漏了國家機密則要罰二十年。

人之常情

一九六一年，美國政府依賴來自古巴的逃亡者的引導，揮軍進攻古巴。

結果因爲美國情報機構十分無能，以致古巴征戰軍在登陸後就被擊滅殆盡，大敗而回。

經過這次巨大失敗以後，造成政府高官們互相推卸責任的醜聞。

然而甘迺迪總統，雖然就職時戰爭業已進行當中，却能無視這個事實，毅然負起了整個責任，對所有的冷嘲熱諷都能無動於衷。

「常有人說『勝利有一千個父親，而戰敗却是一個孤兒。』」

時間即金錢

當班捷文．法蘭克林仍然是小孩子的時候，常常爲了進餐前父親的祈禱文太長而十分煩惱。

有一天，他看到了用來鹽漬多天食用肉類的桶子，就高興地說：「爸爸，不如你對著桶子先唸一遍餐前祈禱文，那麼不就可以省下了不少的時間了嗎？」

更佔上風

這時美國獨立戰爭已經結束了，在一個招待外國高級官員的晚宴上，各國大使先後發表了談話。

首先發言的是英國大使。

「英國是天空中的太陽。它的光輝在世界各地照耀著，使樹木開花結果。」

法國大使接著說：

「法國是天上的月亮，它柔美、恆久、令人愉快的光輝，讓萬民快樂，並在黑夜中引導他們，消滅殺伐之氣。」

」

然後班捷文．法蘭克林就站了起來，以其慣常的威嚴和率直的口吻說話。

「佐治華盛頓就是預言家約事亞，他命令太陽和月亮停下來，太陽和月亮就停下來了。

小氣鬼

班捷文．法蘭克林，有一次不得不答應借貸五十美金給貧窮的親戚，更令他懊惱的是，連借據所用的紙也要他借出來，於是叫道：

「什麼，不只是我的錢，連我的文具，你也要免費使用呀！」

時機恰當

這是法蘭克林擔任駐法大使時的事。

有天晚上，他出席一個文學集會時，因爲完全不懂大家發言時所用的法語，所以就等到每次認識的女士面上露出微笑時，大力拍手歡呼。

結果在一陣的發言之後，懂得法語的鄰座男孩對他說道：「先生，你好像每次當發言者稱讚你的時候，總是歡呼得最大聲哦！」

希望

林肯所懷抱的民主精神，可以從以下有關其家族談話中，顯現其特有的趣味。

「我不知道我的祖父是誰，不過，我的孫兒是怎樣的人，我却很關心要知道。」

生存證明

這時北軍正在南北戰爭中陷於苦戰之中，林肯屬下的康巴蘭度・克甫來了一通電話。內容說到在諾克斯比爾仍然可以聽到槍聲，巴恩薩以度將軍正陷於危機之中。

林肯很安詳地說了聲好，使得周圍的人都很驚訝，於是林肯就解釋說：

「事實上，當我聽到這個消息後，令我想起了以前鄰居的西利・華度的事情。她有很多小孩，如果其中有誰不見，就會哭泣起來，並叫道：『家中的孩子，還未死的還有一個人呢！』」

打擊太深

一八六二年，這時南北戰爭中北軍的敗色越來越深，林肯總統曾經這樣說過：

「現在的感受，就彷彿是苦等著與愛人見面的少年一般，一方面因爲已經不是小孩啦，所以不能哭起來，但另一方面又因爲挫折太深，以致也笑不出來。」

新聞報導

南北戰爭剛開始時，各大報紙都展開了盛大的採訪。

林肯面對紐約各報記者，對作戰計劃所提出的問題，以耐心的態度處理，並從容不迫地說道：

「你們紐約報紙的作爲，令我想起了這樣的故事。

有一個紳士騎馬旅遊，來到肯薩斯州，結果到處都找不到村落，更看不清道路，可以說完全迷了路。但更糟的是，黑夜快要來臨了，而且又發生了可怕的雷雨。天上不斷地打雷、閃電，好像連地球也要打翻似的。

驚惶萬分的旅客只好下馬，靠著閃電所發出的微弱光線尋找著路往前走。

這時突然間一聲震耳欲聾的雷聲在耳邊響起來，把旅客嚇得俯伏在地，並大聲叫道：

『神啊！如果這對於你都一樣的話，請你給我多一點光亮，少一點噪音吧！』

嚴肅的事實

這是發生在禁酒時代的故事。

林肯總統和政敵道格拉斯一起討論時，道格拉斯就提到，當他第一次看到林肯的時候，林肯正在經營一家威士忌販賣店。他揭露了這樣的事實，並對林肯加以責問。

這位正直能幹知名的總統就回答說：

「道格拉斯所說的都是對的，當時我確實在經營一家食品店，除了棉花、煙葉外，也偶然販賣威士忌酒。回想起當時的情景，那時道格拉斯是我們店中最好的客人，他常常到櫃台前買威士忌酒。

現在我們二個人的分別就是，我已經離開了那家食品店很久了，但道格拉斯今天依然故我，仍然徘徊在櫃台前面不走呢！」

擦鞋總統

剛自外國訪問回來的外交官，在進入林肯家中以後，發現林肯居然自己擦鞋。

「總統先生，你會擦自己的鞋嗎？」

「是的，不然你又是擦誰的鞋呢？」

預　感

阿伯拉罕林肯亦常愛開自己的玩笑。

有一天，有位衆議員來訪白宮，當時總統剛好得了感冒，臥病在牀。

「我想我是眞的感冒了，大概是因爲我足部接觸冰冷大地的部分比較大吧！」林肯非常悲哀地看著自己的脚，接著如此說道。

限制不好

因爲史丹頓陸軍部長採取獨斷獨行的作風，以致有人不滿而向林肯投訴。

林肯總統以下面的比喻來回答。

「史丹頓部長，與我所知的西部衞理教公會牧師有相像的地方，有時候我也不知道要不要影響他。

這位牧師因爲在祈禱時和傳道時太過興奮，於是周圍的人爲了使他安靜下來，就把磚塊放在他的口袋裏。

然而，開始時讓他暫時興奮一下不是很好嗎？」

節操不變

凱爾文・庫立資在少年時，曾經拒絕過貸給朋友五美元的要求。

後來當庫立資成爲總統後，這位小時的朋友來訪白宮，又再次向他借五美元。

庫立資同樣加以拒絕。

從小就熟悉的朋友十分讚賞道：

「我眞佩服你啊！凱爾。雖然你已經有了成就，但還是一點沒有改變。」

你輸啦！

在政府主辦的典禮中，有位年輕的女性利用女性的特權，接近總統，並喋喋不休地說：

「總統先生，我現在正在跟朋友打賭，看能否與你講上二句以上的話。那麼，你要說些什麼呢？」

庫立資總統就面不改色地回答說：

「你輸啦！」

共和黨的競爭對手

有一天，法蘭克林．D．羅斯福心情很愉快，就說了以下的話。

「被命令自軋達爾加納爾回國的美國海軍官兵，因爲沒有殺過敵軍一人而垂頭喪氣。當他向上級報告事情原委後，上級就這樣教他。

『到那個山丘上大喊「東條英機去死吧」，這樣躲起來的日本兵就會出現了。』

海軍隊員就照著所教的去做。

立時有一個日本兵自森林中飛躍出來，並大叫道『羅斯福去地獄吧！』

『不管如何，殺死共和黨同志是不應該的』海軍隊員回來時對上級報告說。」

溺愛子女的父母

女兒馬格列特的演奏會，因爲受到華盛頓郵報的音樂批評家保羅候斯的酷評，結果使杜魯門總統大爲光火，就寫下了這樣一封信：

「當我讀到你所寫令人嘔心反胃的批評，覺得你簡直是一條書蟲，說話就像鬱鬱不得志老人在嚕嗦不停。你是一個儘在做令人討厭事情的男人。雖然素未謀面，但若有機會碰到的話，你最好多準備一些比費狄奇（鎮痛藥），還要穿上護盾。就算是下流胚子的威斯特保奴克．比克拉在你的面前，也要成爲一個紳士了。這封信與其說是要非難你的祖先，不如認爲是一種侮辱。」

人望高升

因爲詹森總統已決定不再出馬競選，一夜之間人望突然高起來。

「這就是俗語謂，如果岳母說要離開女婿家的話，則誰都會稱讚岳母是大好人了吧！」總統承認道。

大牧場

有一次詹森總統在自己的牧場內招呼朋友，燒烤作樂。

正當大家都在興高采烈的時候，就開始了德州人慣常喜歡的吹牛皮。

「這個牧場該有三千頭牛吧！」

旁邊的人就挿口道：

「總統，不是我有意挑剔，但這裏是德州，每個牧場主人不都有約三千頭牛嗎？」

總統立刻回答說：

「電冰箱呢？」

總統是神

有次戴高樂法國總統對詹森總統誇口說：

「拯救法國是我們的使命，是神直接賦予的。」

詹森就很沉著地回答：

「這就奇怪了！我可不記得曾經賦予過你這個使命。」

大腦容量

喬治亞州出身的衆議員，後來成爲南部聯邦副總統的阿歷山大・H・史提芬遜，是個個子小的人。

他的體重大約只有九十磅重，身高跟小孩子一樣，可是其智慧却十分優越。

曾經有個高個子的議員對他吼道：

「你這個矮子，我一口就可以把你吞下去。」

史提芬遜接著說：

「那麼，你肚子裏的大腦不是比你頭顱裏的大腦更多嗎？」

能力相比

建國初期時，有位來自維琴尼亞州的議員，約翰・蘭度爾夫，以高亢的嗓音和刁轉的性格知名，但傳言却是一名性無能者。

雖然說誰也不敢跟他爭吵，但有一次議論非常激烈時，一位議員以其性無能作爲話柄，結果所有議員一下子都沉默起來。

蘭度這時立刻就站起來，冷冷的說：

「你是以一種與野蠻人無異，而遠遜於任何一隻驢子的能力來引以自傲。」

懷疑心重的男人

哥地爾·哈爾國務卿，被譽爲是一個思慮極深的人，除非是自己極之肯定的事情，否則壓根兒不會相信，因此被認爲最適合當國務卿。

當他在坐火車旅遊時，從車窗看到有大群的羊。

「這些羊最近剛剪過了毛吧。」一位正在和長官閒聊的隨員說道。

國務卿深思了一會，指著羊說道：

「看來是的，至少這一邊看到的地方是剪過了。」

應該做的事

一九四九年四月二十三日，伊利諾州州長阿度禮·史提文生發表了一篇演說。

「我不同意伊利諾州的政策，指定遊走到鄰居家中及橫越公路的貓是一種公害。

貓的習性本來就是喜歡獨行、徘徊的，因此若外出時用繩加以限制的話，自然是違反其本性。

而且貓會做很多有益的事，特別是在田舍之間。另一方面，貓和鳥的關係是自古到今都是這樣的，因此如果根據法律進行某些決定，則貓與狗、鳥與鳥，鳥與蟲等的長遠關係，就不知會變成什麼了。

愚見認爲，伊利諾州及其當局，不應去限制貓的不良習性，其他應該做的事還多著呢！」

眞相

林肯屬下擔任陸軍部長，來自賓夕凡尼亞的西門・客麥隆，有謠傳說其品行欠佳。據說同州出身的衆議員薩迪亞斯・史提芬斯，指稱客麥隆除了燒紅的火爐外，什麼都會偸。

後來這句話傳到了客麥隆的耳中，他就憤怒地向總統申訴。

林肯方面也感到難爲，只好叫史提芬斯自己向客麥隆解釋事情是誤傳所致的，才使客麥隆消氣。

史提芬斯是有名的惡毒人物，但爲了保存黨內的和平，就同意這個安排。

史提芬斯如此說：

「我眞正要說的是，客麥隆連燒紅的火爐，什麼都會偸。」

到地獄傳道

威恩第爾・菲利甫斯前往俄亥俄州，碰巧乘搭了一部滿載牧師的公車。其中有一名來自肯特基州的牧師，因爲對這位偉大的黑奴解放論者的意見持相反的態度，就企圖希望使菲利甫斯受窘。

這時擁擠的公車中有人問道：

「你是威恩第爾・菲利甫斯嗎？」

「正是在下。」偉大的黑奴解放論者回答說。

「你想解放黑奴嗎？」

「是的，當然！」

「那麼，爲什麼要來這裏演說？爲什麼不去肯特基州演說呢？」

「對不起，你是傳教士嗎？」
「是的。」
「你的工作是要從地獄裏拯救靈魂呢？」
「沒錯，這正是我的職責。」
「那麼，你爲什麼不到地獄傳教呢？」菲利甫斯如此回答。

讓路的理由

華盛頓特區剛成爲首都不久，因此雖然說是首都，但仍然是一個兩旁都是木屋的小鎭。
有一天，二位衆議員，維琴尼亞州的約翰・蘭度爾夫和肯塔基州的亨利・庫禮，在狹窄的木板路上偶遇。
但任何一方都不願意到泥巴上走路，因此互不相讓。
蘭度爾夫始終咆吼著不肯讓路，並面露厭惡之色。
「我只讓路給惡棍的。」
庫禮是個很有修養的人，就鄭重的表示：

「我碰到惡棍都會讓路的。」然後走到泥巴路上。

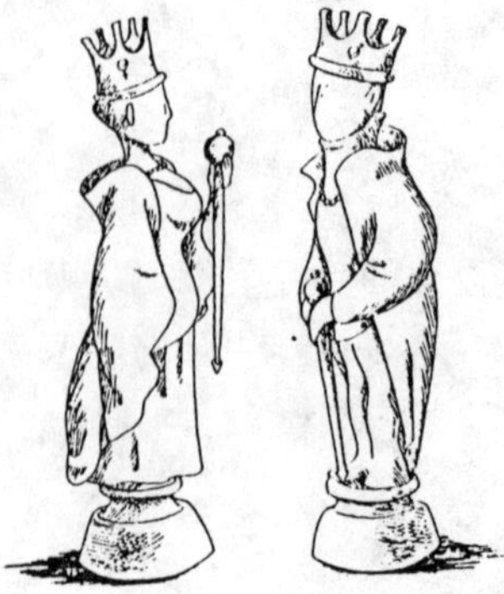

太陽亦上升

人的名聲相當短暫，生前無論多麼有名，多麼受歡迎，死後大都會被遺忘了。不過，在形形式式，千差萬別的人之中，喜歡特立獨行的人很多，最為令人難忘的是那些能夠即席妙語如珠，談笑風生的人，他們更成為人人爭相傳誦的傳奇性人物。無論累積了多少人間財富，死後也將歸於塵土，然而，就算是一個小小的笑話，都能永遠留存下去呢。

雖然也是鳥

威爾巴・萊特兄弟，剛剛在巴黎表演飛行成功後，在晚宴上說了以下的話。

「我在公衆場合中的說話能力不太行，但今晚趁這個機會請大家讓我說一些眞心話。我要向各位說的是，以飛行的熟練程度來說，鷲鳥、燕子和老鷹都是個中佼佼者。然而，我不得不想到另外一種鳥，這種鳥是鳥類中飛行能力最差的，但說話却是最流利的，那就是鸚鵡。」

沈默是金

愛恩斯坦博士認為在人生中爭取成功的最佳方程式是：

「如果成功人生是A，則這個方程式就是A等於X＋Y＋Z，X是做事，Y是遊樂。」

「那麼Z又是什麼呢？」訪問的記者問道。
「就是把嘴巴閉起來。」博士笑著回答說。

幸運的馬蹄鐵

有位美國的科學家在哥本哈根訪問有名的諾貝爾獎受獎人尼爾斯・波耳博士。令他驚奇的是，在書房裏的書桌桌面上居然裝上了一副馬蹄鐵！

訪問者就笑說：

「你應該不會眞的相信馬蹄鐵會帶來幸運吧，波耳博士。怎麼說你也是一個優秀的科學家。」

波耳博士粲然一笑道：

「我是不相信的。完全不相信。會相信這些荒謬的東西的人根本沒有。不過，不管你相不相信，我可以告訴你，它都會帶來幸運。」

同　業

也沙・海費資是一個神童，當他舉行盛大的小提琴發表會時，還是一個少年而已。蒞臨的聽衆之中，包括了有名的小提琴家美沙・兒爾曼，及鋼琴家阿爾資爾・魯賓舒第恩，兩人正比鄰而坐。

也沙・海費資以天使般的神情，彈奏起美妙的小提琴來，這時兒爾曼開始有點坐立不安。當演奏進行中，兒爾曼就愈發沉不住氣，像受了不少折騰似的。

最後他實在忍不住了，就靠到魯賓舒第恩旁邊，氣喘如牛地耳語道：

「這裏好像很熱，不是嗎？」

魯賓舒第恩淡淡的說：

「『鋼琴』方面不覺得熱。」

有名的人

世界有名的男高音歌手恩利哥・加爾蘇曾深刻地描述過一次遭遇。

「自以爲很有名望的人常常不會眞的很有名。

有一天我正在紐約州鄉間駕車時，突然拋錨，於是在等待車子修理的時候，到附近的農家休息。不久和農家主人混熟了，就問他認不認識加爾蘇。

那農家主人就跳起來拉著我的手叫道：

『在這個亂糟糟的地方，能夠碰到像你這麼有名的人，是我做夢都沒想到過的。』

『加爾蘇，原來偉大的旅行家羅賓遜‧加爾蘇就是你嗎。』」

相似的聚會

著名的音樂家哈弟禮夫斯基，在美國旅行演奏，來到阿特蘭大時，聽到一個擦鞋童的呼叫聲。

「要不要擦鞋呀？」

老音樂家注視著少年回答道：

「好呀，不過，如果你先去洗乾淨骯髒的臉，我就給你二十五分錢。」

「好的。」少年眞的聽從了哈弟禮夫斯基的話，到附近的水龍頭把臉小心的洗乾淨後回來。

哈弟禮夫斯基笑著把二十五分錢給了小孩。

少年接過錢後，立刻回應說：

「喂，這個錢你拿去吧，你散亂的頭髮也該整理吧。」

簽名冒充

英國女演員庇亞托利斯・莉莉，有天晚上在波士頓的新表演中出現。朋友兼同鄉的演員兼劇作家洛兒奴・加華度剛巧亦在紐約，就拍了一封賀電。電文中為了開玩笑，在文末寫上

——市長費奧禮羅・奴・加爾第亞

「法律上不准冒充奴・加爾第亞市長的名字」郵電局職員斷然的說。

「那麼就簽上洛兒奴・加華度吧！」劇作家又說。

「這個名字也不行。」職員認眞地說。

「怎麼會這樣呢？洛兒奴・加華度就是我啊！」劇作家開始有點懊惱地說，並出示了身份證明。

「這樣的話，簽市長的名字也是可以的啦！」

擔心程度

羅傑摩亞從來都不用替身，不管是武打戲或驚險動作，都要親自演出。

他常愛說的一個故事是有關偉度・馬舒亞的。據他所說，偉度就連坐在搖搖椅上的場景，也要用上替身。

有一次場景是在森林的河流中，對手演員珍納・李早已走到河中，反正沒什麼可怕的。

導演就對偉度說：

「小心注意，偉度！走到河裏吧。」

偉度問道：

「那裏有多深？」

導演立刻說深度只到膝蓋而已。

偉度就問珍納說：

「那麼你是否站在岩石之上呢？」

珍納回答說不是。

「但是這條河有很多鱷魚吧。」

導演就宣稱那裏沒有鱷魚。

可是偉度硬說有而不肯下去。

這時導演就指揮工作人員拿著槍打空包彈，企圖嚇走鱷魚。

偉度回答說：

「可是又怎能保證鱷魚的老母親沒有重聽呢？」

迷你裙

珍納・羅羅甫利基達，說到厭惡迷你裙的理由之一。

「我想最好還是讓男性去發現，比女性自己表現的好。」

解決困難

莎莎・嘉寶因爲在刊物上回答來信，而大受歡迎。

問題一：「嘉寶小姐，最近四年來，我和一名男士一直保有婚約。其間他送了我一件漂亮的貂鼠皮大衣、不少的寶石、豪華內衣、一匹馬、一個火爐、和一輛外國製的小型車，但現在婚約突然要解除了，應該怎麼做呢？」

莎莎回答說：「請你送還一個火爐。」

問題二：「嘉寶小姐，我遇到一位非常有魅力的英俊男士。他在奧克拉荷馬有一百台以上的油井，在科羅拉多又擁有金礦，他確實十分慷慨，但最近他好像對我失去了興趣似的。怎樣做才好呢？請你指教。」

莎莎回答說：「你這個問題很重要。一百台油井和一個金礦。看來我必須沒法想出一個解決辦法。就請你把這個人的名字和地址立刻告訴我吧！」

問題三：「我的男朋友喜歡亂罵人、酗酒、抽煙。怎樣才能改變他呢？」

莎莎回答說：「要改是沒有辦法的。我所知道的女性當中，因為為了使男朋友戒煙、戒酒、戒掉罵人、賭博等的壞習慣，雖然成功了，但最後這些男人都會下定決心，認定她們不是適合自己的對象呢！」

聽力問題

這是有關著名的演員奧資斯・史基納的故事。有一次服裝學校的女學生們約好了一起去看話劇。

可是，在表演之中，她們在席上一直竊竊私語、喋喋不休，因此首先出場的史基納，及以後的演員，都不能專心一致地演戲，說台詞了，只好大家都閉口不言。

最後表演完畢，樂隊也回去後，這些女孩就到史基納之處探望，其中有一個女孩說道：

「史基納先生，這眞是一場精彩的表演。可是，這個地方的音響設備有點奇怪，常常都會聽不到台詞的聲音呢。」

「這眞的是很奇性，不知道爲什麼反而你們說的話在台上却聽得一清二楚呢！」

教蟑螂游泳

電影演員兼幽默作家的威爾・羅傑士，對酒店餐廳的侍應生說：

「你瞧！我的湯內有隻蟑螂在浮著呢！」

經理小心翼翼地來到慘劇的現場，並恭恭敬敬地問道。

「這眞的令人非常遺憾，你認爲怎樣處理才滿意呢？」

「這個嘛，下次如果我的湯裏要放蟑螂的話，應該先教它游泳的方法，不然，也應該在它背上繫好救生工具吧！」

讓懶漢工作

以前很有名的演員約翰・巴利摩亞在三藩市剛巧碰到大地震的發生。他一下子受到極大的驚嚇，並從床上滾落到地上，一直翻滾到角落裏去，使他變得面無人色。最後在搖晃之中站了起來，好不容易地才走到了浴室，並一整天都待在裏面，受盡折騰。

次日外出時，又剛好碰到佩著槍和劍的軍隊，被徵召去做了二天的砌磚工作。

後來他回到紐約，在蘭姆斯俱樂部中敍述了他這段恐怖的經驗。

「眞可怕哦！」劇作家奧加斯打斯・托瑪斯說道。「我想爲了使約翰洗澡入浴，除了天災地難以外，沒有其他的方法了。如果要想令他做事，則非動用美國陸軍不可了。」

材料抄襲

MGM的宣傳部長哈威度・第資，在電影院業主的集會上，強烈表達了對戲院過份優待觀衆的傾向，有很大的不滿。

「以一個離譜的例子來說吧。據奧克拉荷馬方面的消息，觀衆只需要付十五美分，就可以欣賞到二套首輪電影，一本米奇老鼠漫畫，一份報紙，二套餐具，最後更居然以座椅下找不到石油爲理由，歸還入場費用。」

這番話後來成爲笑談的資料，但要證明此笑話的出處却有點困難。

著名的喜劇家喬治・捷施爾聽到了這個消息以後，就立刻將此笑話，在數月後的廣播中告訴了聽衆。

數週後，這次是第資所擁有的雜誌中發表了這則笑話，後來讀到這篇記事的捷施爾就立刻打電話給第資抗議。

「你怎麼盜用了我的材料呢？」

男洗手間

作家度羅施・柏加女士剛來到紐約客報社上任之際，發現在一個小小的地方有個人在沉思之中。

後來她就在那小房間的門上寫上男洗手間的名牌。

不久有很多訪問者湧至，而且全都是男性。

女士就不經意地說：「我來到之後，這裏唯一改變的地方，就是大家會感到有點坐立不安吧。」

珍珠與豬

度羅施・柏加女士，有一天來到了一處正在舉行盛大舞會的地方的門口。立刻就碰到了一位非常美麗的舞者。

一下子大家都往後退了一步，終於舞者一邊讓路，一邊稱道：「年紀大的先走，漂亮的在後！」

「那兒的話！珍珠先行，豬殿後。」柏加女士從容不迫地踏步前進。

吊頸的繩子

小說家威廉・狄恩・哈維爾斯擔任總領事時，雖然很胖，但生活一切正常，沒有什麼顧慮。

有一天，有位高高瘦瘦的朋友來訪。

「哈維爾斯兄，如果我有你這麼胖的話，我寧願去吊頸算了。」

「是嗎？如果我眞的聽了你的忠告，我會把你當作繩子來作吊頸用的。」

惡筆惡人

紐約客和論壇報的知名創始人何禮斯・克利利的惡劣筆風，在以下的信函中表露無遺。

伊利諾州山度以斯鎭，MB・客斯爾先生台啓：

敝人工作過勞，年老力衰，到下年的二月三日就要滿六十歲了。因此以後參加的演講，只能限於紐約州附近，否則就必須一概終止了。所以這次到伊利諾州的訪問及演講，現在恐怕要拒絕了。

一八六九年五月十二日紐約　何禮斯・克利利

以下是回信

紐約論壇報，何禮斯・克利利先生：

來年冬天，本協會舉辦的演講得到你的承諾，甚感高興，現已籌備當中。但由於閣下的筆跡不很清楚，所以為了要研讀其意思也費了不少工夫，不過最後亦能了解你的意思。你要說的是，演講時間訂在二月三日，演講費六十元，這些我們沒有異議，至於你希望到其他地方演講的問題，則應儘早作好安排。

MB・客斯爾　敬上

公車吊帶

創造精明能幹的偵探角色尼路・威爾夫的長鬍子推理作家禮克斯・史達多，在麥迪遜街搭上了一部擁擠的公車。

後來有個短小粗野的男人擠到史達多旁邊，因為抓不到吊帶，居然拉著這位推理作家的鬍子。

史達多幾乎被氣炸了，就在快到下一個車站時說：

「請你把手拿開吧！」

「吓？要下車啦嗎？」短小的男子回答道。

可憐的小偷

在華盛頓有位美麗的夫人，家中遭到小偷光顧，後來小偷被捕了。

次日，在一個晚宴上，夫人對最高法院法官，奥利巴·威恩第爾·何姆斯說道：

「後來我就立刻趕到拘留所，跟那個強盜說話。」夫人十分熱心地說。「我問他生活是不是很不好。我告訴他只要他有悔意的話，自然就可以得到幸福。我足足跟他說了二個多小時呢。」

「好可憐！好可憐的男人哦！」何姆斯低聲地說。

不用擔心

畫家詹姆士·何以斯拉，把剛畫好的畫向馬克吐溫展示。

馬克以各種角度與距離，專心一致地觀賞起畫來，何以斯拉就一直等待著批評。

終於，馬克走到畫前面，用手指在上面像要擦掉什麼似的在塗抹起來。

「如果是我，就把這片雲去掉。」

何以斯拉立刻發出了痛苦的呻吟聲。

「請你小心，畫還沒有乾呢！」

「放心，沒關係啦，不要擔心嘛，我戴了手套了。」馬克冷靜的回答說。

站立者

正在旅行演講的馬克吐溫，來到目的地之一的小鎮，因爲晚飯時間還未到，就走進了一家理髮店理髮。

「第一次來此鎮嗎？」主人問道。

「是啊，第一次來。」馬克吐溫回答道。

「那麼你正來得是時候了。今天晚上剛好有一場馬克吐溫的演講會，你應該去啊！」

「正有此意。」

「但聽說入場劵很難買。」

「是嗎？我還未買呢。」

「那就麻煩了，據說賣完了，我看要站著聽了。」

「這眞的是傷腦筋啊。」馬克吐溫嘆息道。「我就從來沒碰過好運氣，每次那個傢伙演講，我都得站著呢！」

生雞蛋

以下是馬克吐溫宴會演說中的一則談話。

「談到生雞蛋的事情，使我想起了在史克奧舒鎭發生的事。當時我正在旅行演講，預定要在小鎭裏的禁酒酒店中演講，於是我當天下午就到了那個地方。可是，到處都看不到宣傳的海報，因此，因爲擔心小鎭居民可能不知道有演講，就走到市場處打聽。

『你好，我是旅客，請問今天晚上，這裏有沒有什麼活動呢？』

正在挑選靑花魚的店主人，伸展了一下身體，把手上的鹽水往圍巾上擦。

『是有一場演講會啦，所以今天早上一開始，生雞蛋就賣光了。』」

一模一樣

寫給馬克吐溫，表示跟他相貌相似的讀者信件，以及照片，像海水一樣湧到。其中有一封是來自佛羅里達的，確實很精釆，跟他樣子一模一樣，就像雙胞胎似的，於是他就回信說道：

「來函及照片都收到了。愚見認爲，你最像我了。事實上，如果在一面去掉鏡面的鏡框前，我倆站立相對的話，我想我可以看著你的臉來剃我的鬍子呢！」

他人的演說

馬克吐溫和雄辯家戴恩·M·弟比共同乘搭一艘船。開航後數天，二人同在晚宴上接受邀請。到了要發表演說的時候，馬克吐溫首先發言。二十分鐘後演說完畢，獲得大家熱烈的讚賞。

接著輪到第比發言。

「各位先生女士，事實上在這個宴會之前，馬克吐溫和我早就約定要交換彼此的演說內容。現在他既然已經說了他的部分，在這我要感激大家的靜心聆聽。遺憾的是，我那張寫上他的演講稿丟失了，現在他要講的話我一點都想不起來，所以請大家多多包涵。」第比話畢就立刻回座。

虛像

馬克吐溫訪問羅傑士時，主人帶了這位幽默作家到書房參觀。

「對不起。」主人指著白色的大理石半身像說道。「你覺得這個怎麼樣？」

那是個年輕捲髮婦女的半身像，是來自義大利的一流雕刻傑作。

馬克吐溫用眼睛瞄了一下就說：

「有點脫離現實的感覺。」

「爲什麼？」羅傑士詫異地問道。

「她口中應該含著髮夾子才對啊！」

國家特質

波士頓有多少聰明人？

紐約州有多少大富翁？
費城之中，又有誰知道雙親是誰？
這些是常常成爲問題的問題。

馬克吐溫

父親是誰

十九世紀剛變爲二十世紀時，美國仍然是新興國家之一，並生活在歐洲文化的影響之下。

有一個法國人說道：

「當美國人沒有什麼事可做時，常常就會思索起自己的叔叔是誰，以這樣的方式來消磨多餘的時間。」

不知來自那裏的小子，就這樣指桑罵槐地諷刺起來，連溫和的美國人也不能保持心平氣和。

馬克吐溫就立刻還擊，爲美國人爭一口氣。他說道：

「當法國人沒有什麼事可做時，他就能從不斷嘗試找出自己的父親是誰，來打發時間。」

金錢爲誰而響

在以前的美國漫畫裏，常出現帶著印有$字大袋的人。這個$字象徵美國即金錢，金錢即美國的觀念。這不就強烈地挑動著美國人的心嗎？然而錢也同時地帶來悲劇和喜劇。大部分能夠成爲大富翁的都是小氣鬼。小氣是美德，還是惡行？希望大家回想一下自己，好好思考吧。

誰是大富翁

不知道是否謠言，但據說約翰·洛克菲勒一世有一次來到華盛頓的威拉多酒店，要求了一間沒有浴室的廉價房間。

櫃台的男服務生吃驚地道：

「可是，洛克菲勒先生，你的孩子來住宿時，都是訂最好的房間啊！」

「他們有個有錢的老爸，我可沒這個福氣！」洛克菲勒認眞地說道。

商　人

偉大的廣告巨人阿倫·薩斯曼，有一天正在餐館裏吃飯時，旁邊的桌子有一位英姿勃勃的紳士在說話。

「我內人喜歡的舒那狗昨天才死掉。能夠代替的舒那狗至少要花二百美元！」

薩斯曼就走過去拍了一下紳士的肩膀說道。

「我正好有出賣的舒那狗，不過要二百五十美元。」

「唔，舒那狗是要這個價錢的。」紳士沉思著。「可是，不知道內人會不會喜歡。好吧！我們一言爲定。」

薩斯曼笑著回到座位，跟同伴低聲說道。

「以後就是我的事了，我要去打聽一下，什麼是舒那狗！」

職業人

因製造肥皂而致富的人，在記者會中愉快地回答著。

「請問你成功的理由，以一句話來說是什麼？」

「清潔的生活，你們都要有！」

帶著雪

一對大富翁的夫婦個別乘著直昇機，在佛羅里達的酒店屋頂上降落。只是行李卸下的工作就需要十一名侍從。行李之中，連雪橇、滑雪板和六隻愛斯基摩犬都帶來了。

「非常抱歉。」驚奇的經理說道。「有沒有弄錯呢？這裏是佛羅里達，這裏沒有雪啊！」

「你！」億萬富翁以慣有的口吻說話。「行李還有未運到的，下一批就是要雪帶來的。」

職責

德州的福特偉斯希望把路易阿姆斯壯的三十人樂隊招呼在自己的牧場。拿到了吹號角之王的演出費後，路易問道舞會中會有多少人來。

「沒有舞會啊！」來自德州的人說道。「因爲門鈴壞了，所以想把鈴聲改爲音樂，相信來探訪的一定會喜歡。」

不可以問的話

「如果要擁有一艘遊艇，不知道一年的維持費大概需要多少錢？我也想買一艘。」一位男子對摩根說道。

「哪要看是誰。」摩根斷然地說。「一年的維持費也要問的話，大概買不起。」

遊艇的所有者

素有名望的股票經紀人和友人在長島的海岸線上正開著汽車。

「你看那艘船。那是銀行家摩根的，接著的是經紀人法蘭克的。」然後一一把所有者的名字都列舉出來，原來都是有名的經紀人。

朋友眉頭緊皺著，最後終於問道。

「為什麼都沒有投資者的遊艇呢？」

暴發戶

二個德州人吃完早餐回家的途中，在販賣凱迪拉克汽車的店前面，駐足觀看。

「我正想要一部全新的凱迪拉克。」
「那麼我也陪你進去看看。」
兩人就走入店內。
「這個我們買二台。」一個人拿出了錢包說道。
另一人急急忙忙把對方的手抓住道。
「等一下，詹姆！買車的錢該我付，早餐不是已經接受你邀請了嗎？」

司機本性

這是在魯道夫酒店門前發生的故事。
身上穿著貂皮大衣，載著金絲眼鏡，從甘乃迪機場過來，拿著一大箱行李和手提包的老太太，正想乘坐計程車。因爲行李太多，要二部車才放得完。
「威托爾斯夫人，要到八號碼頭，乘搭美國聯邦號。」穿著制服的大門口侍應生對司機說道。
司機點頭答應著，並拉下了計程碼表桿，用手指指示後面載滿行李的計程車的方向。

不久車已到了碼頭，行李經檢查後送到特等船艙，接著老太太就對司機說道。

「如果你是單身，又希望賺取二倍的收入的話，我想給你一個環遊世界的機會。因爲我要到陌生的地方，想到到時叫車會很麻煩。你想不想遊覽歐洲呢？費用方面由我付！」

司機一時張口結舌，最後終於答應了。

幾分鐘後一切準備就緒，計程車也駛入船艙，不久就要出海了。幾天後船來到了達爾港。

然後到了巴黎、尼斯、蒙地卡羅，跟著又囘到巴黎，經過英法海峽來到倫敦，接下來是羅馬、柏林和北歐諸國了。

一起在轉的除了二人外，還有那計程碼表。後來二人乘搭美國聯邦號囘國，終於囘到久違的出發地點了。計程車自船艙吊了下來，脚下又是堅實的大地了。

「很好，非常謝謝你！」疲乏的老太太嘆氣道，並支付了一萬二千多元的計程車費。

「現在我想囘家，請你送我去吧。」

「老太太，你家在那裏。」司機笑問道。

「布魯克林的普羅士比公園附近。」

「布魯克林？」司機大聲叫道，並把車門砰然關上。
「怎麼嘛！請你找別的車吧。如果去布魯克林，我不是要空車回來曼哈頓區嗎？」

誰的錢

慈善爲懷的富商，定期施捨了不少金錢。
有一個男子每月都能拿到十美元。而且不管是刮風下雨，那男子都一定要拿到十美元爲止。
有一天這男子如常地乞求十元時，富商的秘書却只給了五元。
「錯了。」男子叫道。「我應該拿到十元的。」
「是的，一直都是十元。」秘書回答道。「但今天以後只能給五元。」
「爲什麼？」
「實情是主人的女兒要結婚了，所以像回禮金、準備費用以及婚禮的開支都需要很多錢，所以這裏要節省一點。」
「這樣子嗎？」男人生氣地叫道。「那麼你跟主人說吧。雖然是自己女兒結婚，也不應該用我的錢，應該用自己的錢啊！」

正氣

經營男士舶來品店的積合遜，因爲頭痛而住院了。

不久，附近的藥店老板卡爾曼就來探望。

「積合遜現在情況怎樣？」妻子問剛回來的卡爾曼。

「還沒全好呢！」卡爾曼嘆息道。

「那你們說了些什麼？」

「他一直在說一些我不明白的話。」

「那你說什麼呢？」

「反正就是一些安慰他康復的話。我都說十分實際的話，例如他借了我一百美元，問他記不記得。」

「那他記得嗎？」

「那個瘋子，不行啦。」

聰明的女孩

六歲的女孩走入銀行，要求見銀行經理。職員微笑著帶領她到經理室。她認眞地要求銀行經理替她存入自組的俱樂部的資金。

銀行家將一元和二十五分的硬幣放在桌上問道。

「你要存那一個？」

女孩拿起二十五分硬幣說道。

「媽媽說什麼事都從小做起。」女孩又說。「下次再存一美元吧。」

「可是，這個二十五分不能丟掉哦！所以請你把他包起來吧。」

電視主持人阿度·林克禮

小孩

小孩是存在於大人和電視間的東西。

阿度：「你怎樣能拿到錢呢？」

小孩：「不尿床的時候，可以拿五分。」

阿度：「最近拿了多少？」
小孩：「上星期拿到十分。」

習慣性

搜刮金錢爲樂的女子死後，所有財產都拿去拍賣。拍賣物品接著是一隻鸚鵡。
「這隻漂亮的鳥多少錢？」
「一塊錢。」旁邊的男子說道。
「二塊錢。」另一人叫道。
「五塊錢吧，爸爸！」鸚鵡低聲叫著。「然後就給你一個吻！」

小　費

南部有名的花花公子，走向俱樂部侍應生積奇的身邊問道。
「積奇，到現在爲止，你收過的小費最高多少？」
「一百元，先生。」

花花公子拿出二十元紙幣十張說道。
「以後有人問你誰給最多小費，不要忘記說是我！」
「遵命，先生。」積奇立刻把錢收起來。
「可是，給你一百元的人又是誰呢？」
「也是你啊！」積奇說完就溜走了。

不多給

討厭給酒店侍應小費的人的故事。
他到銀行把錢換成一分的銅幣，把口袋放得滿滿的。
當他出酒店門口時，門邊站立的侍應生收到他給的一分後說道。
「抱歉，是不是弄錯呢？」
「絕不，我不會給更少的。」

普通額

第一次乘搭夜間火車的男子，正要到達波士頓南站時，請侍應幫他刷拭外套。
「火車裏一般的小費多少？」
「二元。」
「這樣應該賺了不少吧！」男人給了二元後說道。
「跟你想的不一樣。」侍應回答道。「這是半年來第一次收到的一般小費！」

合格

「約翰，蘭姆酒內加了水嗎？」紐約食物店老板對伙計說。
「是，老爺。」
「煙葉弄潮了嗎？」
「是，老爺。」
「砂糖加了砂了嗎？」
「是，老爺。」
「好了，你可以進去了。」

啤酒

「你知道怎樣可以多賣一些啤酒嗎？」酒客對主人問道。
「不知道，請你指教。」
「很容易，只要賣少一點泡沫。」

病情

村裏第一的小氣鬼得了大病，哀求牧師說道。
「請你多多幫忙，牧師先生。這樣的話我可以捐二萬五千元作教會建設基金。」
不久後他已康復了，但却一直避見牧師。
教徒之一的人在郵局中碰到他問道。
「康復的話就捐二萬五千元，不是嗎？」
「是啊！所以我想我的病還未好呢！」

律師

有個公司董事長接到律師額外收費的帳單。當看到以下的項目時，他實在不能忍受了。

——爲了越過馬路和你說話，但發覺不是你：五百元——

持有人

比查夫人被選爲丹佛市最佳服裝員後，來到了棕櫚灘。有天早上，來自東部的年老貴婦人跟她說道。

「眞糟了，早上可以放鑽石的東西找不到。」

比查夫人笑著說道。

「我也是這樣想。所以我都戴在手裏。」

擔心的事

音樂喜劇製作人對約翰遜、肯特和積素等三位名人的主要相異之處，作了一番說明。

「約翰遜酬勞要六百萬，但擔心他不肯做。肯特六百萬不夠，常常擔心他能不能習慣這樣工作。而積素則擔心他像肯特一樣。」

賽馬

有個男子第三次買了大量的第七場晨星的馬票。第四次時，一起在賭馬的男人對他說道。

「喂，不要怪我多管閒事，如果是你，我不會像這樣賭晨星的，第七場中是絕對贏不了的。」

「到底你怎麼知道呢？」

「事實上，我就是晨星的馬主，我從來沒看過它贏。」

「這樣我明白啦。」男人勉爲其難地承認道。「如果是這樣的話，我想這場比賽一定跑得很慢，因爲後面四匹馬都是我的！」

鵝的年齡

市場中的小販標榜所賣的鵝很年輕肥大，所以賣了不少。

可是，拿回家烹調時却發現鵝肉堅靭，不易下嚥。

第二天，顧客來到市場質問小販道。

「你說你賣的是年輕的鵝，怎麼會是年老的？」

「你看看我是不是很年輕。」

「是啊。」

「那就對了，那隻鵝還比我年輕六個星期。」

查錶

小氣鬼的男子，不想用錢幣投入器具之中，而用口吹進去，結果居然成功。

這時正好查錶員來到，對著碼錶奇怪道。

「怎麼啦？」男子問道。

「怎麼也不會吧，公司方面居然借了你六元二十分。」

專家

。

巨大的發電機故障了，依靠它來運作的工廠也陷於全面停工的狀態。

雖然所有工程師都盡了力要修理，但都無效。工廠只要停工一分鐘，就要損失五千美元。

只好立刻找發電機的專家來修理。專家冷靜地到處研究發電機的毛病所在。

不久他說道：「請借用一支小鐵鎚。」

他拿著小鐵鎚，走近一枝鐵管，小心地研究一番，確定一個位置後，用鐵鎚在上面敲打起來。

立刻發電機又開始動作了。

「請問收費多少？」廠長問道。

「五百五十元。」專家答道。

「用鐵鎚打一下就要花五百五十元嗎？」廠長十分詫異地道。

「只是敲一下値五十元，但要知道在哪裏敲則値五百元。」

數鈔票

巴利曼在理想中的銀行裏上班。

上班第一日，出納員遞給巴利曼一元紙幣一束。

「是不是一百張，請你檢查一下。」

巴利曼開始數了，四十三、四十四、四十五，數到這裏，就把紙幣投入抽屜中，對旁邊的男子說道。

「如果數到這裏還沒有錯的話，以後的應該沒問題了。」

三個善行

某日做了三個善行的男子的故事。

男子在街上看到正抱著小孩哭泣的婦人，詢問其哭泣的理由，原來是未接受洗禮的小孩快要死了。

「那麼，怎樣才能洗禮呢？」

「因爲沒有錢，洗禮要花一美元。」

於是，男子把十元紙幣交給婦人，然後告訴婦人地址，叫她以後把零錢還給他。

「這是善行之一，其他二個呢？」

「這裏一個善行等於三個。第一、使哭泣的婦人不再哭。第二、讓小孩得到永遠的救贖。第三、把這一年來一直拿著的假鈔花掉了。」

天堂與地獄

剛退伍的年輕人到中古店買車，要求店主人拿出轉讓證明書，却拿不出來。可是年輕人堅持一定要看才行，店主人就十分憤怒地道。

「你拿到車，我收到錢，雙方都滿足了，你爲什麼一定要轉讓證明書？」

「事實上，我死的時候，如果在天堂碰到聖伯多祿，要求我證明我付過你這筆錢時，而我又無法證明，哪我豈不是不能進入天堂了。我是爲了證明自己不會說謊，以免以後要到地獄找你證明。請你不要見怪。」

驚擾旁人

克拉恩在莎利巴的酒吧裏跳起來叫道。

「詹米，讓我來表演一下，先喝三杯威士忌。」

莎利巴詫異地讓他喝了酒後問道。

「克拉恩，這樣有什麼了不起呢？」

「因爲我不名一文，無法付賬！」

過去的組合

一組的藝術家，完成了波瀾壯濶的作品後，各散東西了。以後數年間，大家也沒有聯絡。

其中一人偶然來到東部某處寒酸的餐廳，竟然發現侍應生是過去的同伴。

「實在令人難以相信。」他喘息道。「你在這種地方當侍應生？」

「是啊！那麼你又來這種地方？」

中籤的運氣

東波士頓一處寂靜的街道上，簡陋的公寓地下室中，有個裁縫師一天工作十五小時地像奴隸般生活。

從不奢侈浪費，將賺取的金錢每個星期存二十五美分，一年之後把存的錢購買寶石。

十四年間一直沒有動用過寶石。

可是有天夜裏，門上有人拚命地在敲門，接著有二個打扮華麗的紳士無禮地闖進店裏，在裁縫師身上猛然地一拍。不知怎樣，二十五萬元出現在眼前。

裁縫師立刻雀躍萬分，歡喜的說不出話來。

裁縫師很快就把店關好，把鑰匙丢到查爾斯河裏。

首先購買王子般的服裝，在列治酒店租了相連的十八間房屋，找來鎮裏半數以上的舞孃和模特兒遊玩。

每晚通宵達旦，紙醉金迷，把錢胡亂花光。這樣經過一年，二十五萬元就花得不剩一文了，而且身體也受到損害。

頓感疲乏無助的裁縫師，又回頭經營那家小店，完全回復每週儲二十五美分的習慣，繼續購買寶石。

二年後，門上又有人敲門了。然後那二個紳士又走入店內。

「這眞是稀奇啊！又是這裏，運氣可好得很！」

裁縫師蹌踉地站起來嘆道。

「哎呀，又要再來一次呀！」

第一件任務

「現在必需要做的是，找到能夠把令人痲煩的事情一力承擔的人——總之，能夠代我設想的人。一週工資三百美元，你認爲怎樣？願不願意？」

「當然好，不過，這三百元誰來給我呢？」

「這個就是你第一件要做的事。」

吹牛敏感

三個胖女人，有天炎熱的夏日午後，在小小的酒店陽台上躺臥著。

「我去年買的鑽石戒指，眞的很想讓大家看一下。」一個女人開始說話。「鑽石本身就值三十萬元。可是我不得不把它賣掉，因爲公園大道的醫師對我說，我有鑽石敏感症呢！哈哈！」

「我本來是不打算來這種地方的。」第二個女人說道。「因爲我的敏感症還未好。新港的十畝土地雖然買下來，可是因爲我對鹹水有敏感，所以不得不賣掉了。哈哈！」

接著第三個女人突然昏倒了。最後終於甦醒過來，問她爲什麼時，她不好意思地回答道。

「事實上我有吹牛敏感症。」

支付日

福克斯被債權人逼得走投無路。

「抱歉！福克斯先生。已經過了很長時間了，你也知道的。我也不想要你在不方便的時候還錢。可是總希望你能清楚地定出一個付錢的日期。」

「你實在太好啦。就照你所說的吧。決定付款日爲最後審判日，你認爲如何？如果那天很忙的話，次一天也可以。」

債權人㈠

要收回呆賬，就像在帝國大廈第九十六層的窗口外面抹拭一樣困難。

巧妙地回覆債權人的信如以下的一般精采。

——拜覆　十三日的催促書確實收到了。

我想以下的事情請你了解一下。

債權人可以分爲三種。

A類：必須立刻付款的人

B類：以後某日付款也可以的

C類：絕對不用付款的

閣下的信非常友善，因此閣下的類別將由C類提升到B類，請多多包涵——

債權人㈡

——你催迫的信件令我不太高興。每月我都把帳單放在舊帽子裏，瞞著妻子，在裏面選一張，然後把錢給這個幸運兒。既然你今天寄來這麼一封不客氣的信，以後我就不把你的帳單放進去了。

討厭做事

「如果得不到你的救助，我會什麼也不想做了。」一個乞丐對一位慈悲心腸的婦人說道。

婦人給了他一元後，同情地問道。

「你到底不想做什麼？」

「去工作！」

愛情的單程票

最近的現象顯示，人類社會越來越中性化，常常會發現到有些人在外觀上很難分別是男是女。不過，歸根結底的是，在男女共同生活的社會裏，如果撇開一些掩人耳目的外表虛像，那麼，人類社會終究是要延續下去，所以男女之間的愛情故事終將不斷重覆發生的。不管外表如何演變，兩性的關係在內心深處始終是難有改變的。從古到今，無論是悲歡離合，眞情假意，可以說是層出不窮，古今不變的道理，實在是不必太認眞。

別人的錯誤

牧師以詫異的眼光看著來訪者問道：

「好像在那裏看過你嗎？」

「我們確實見過面。」來訪者回答道。「你認爲因爲他人的錯誤而獲得金錢的行爲是對的嗎？」

「這個當然是不對的。」牧師斷然的道。

「那麼就請你還錢吧！請你還給我六個月前我結婚所付出的費用。」

自動販賣機

有二個不名一文的青年去了歐洲，又回來了。

其中一個首先成爲百萬富翁。因爲他發明了一種投十分美金就能吐出一個美麗妻子出來的機械。

不久另一位青年也成爲了大財主。因爲他發明了一種投入一名妻子以後就吐出十美分的機械。

離婚的男人

有個男子跪在三面並排的墓碑前，不斷地嘆息著。

「貴親戚嗎？」過路人溫柔地問道。

「這個是我的第一任妻子。」男人用手指著說。「後來因爲吃了毒菇而死。這邊一個是我的第二任妻子，她也是吃了毒菇而死的。」

「那麼第三位是怎麼回事呢？」

「她的頭被割斷了。」

「吓！為什麼？」

「因為怎麼樣也不肯吃毒菇，所以才會這樣。」男人十分悲切地扭曲著臉回答道。

早死又如何

有個冬天的晚上，在愛俄華州的鄉下，有對耄老的夫婦圍著火爐、坐在搖椅上交談起來。

「日月如梭呀！莎拉。」丈夫說道。

「是啊！」妻子大表同意。

「眞的是越來越老了，馬上我們之中就可能有人先死啦！」

「這樣的話，我要移居至加州去。」

新婚

新婚夫婦來到一家酒店，一起走入一個升降機內。

「哈囉，甜心！」嬌小的升降機女服務員小聲地道。

正當升降機緩緩上升之際，廂內一片沉默無聲。

後來那對夫婦在某層樓出來以後，新娘就大聲地責罵道。「那個無恥的女人是誰？」

「這個時候不要再胡鬧啦，請你忍耐一點。」新郎哀求道。「因爲明天我還要跟那個女孩解釋你的事情，到時候就要吵個不停啦。」

秘　書

華爾街證券交易員的記事本內容如下

四月　一日　漂亮秘書的廣告招募費　四元八角

三日　紫羅蘭一束　二元五角

四日　糖果　五元

八日　秘書費　九十元

十日　花束費用　九元

十一日　給老婆糖果　二十二元五角

十五日　秘書費　一百二十元

十八日　手袋　三十七元五角
十九日　給老婆糖果　九元
二十二日　哥莉亞的薪金　一百八十元
二十四日　看戲劇和吃飯，我和哥莉亞　八十元
二十五日　老婆的巧克力　三元
二十八日　老婆的皮裘費　一千五百元
二十九日　男秘書的廣告招募費　四元八角

可能性

加州的深山中，有個瘦弱的青年被挾持著，被迫問道。「喂！你跟我女兒來往了三年，是不是眞心誠意的？是認眞的呢？還是逢場作戲？」

年輕人忽然高興起來說道。

「那麼你是說我還可以選擇嗎？」

大人的童話

「媽！」琳達問道。「是不是所有的童話都是『很久很久以前』開始的？」

「不是啊。」媽媽認眞的回答道。「有時候是『親愛的！我今天要在公司加班』開始的。」

大過失

妻子終於忍無可忍，對我大聲斥責道。

「你啊！是個沒用的大蠢蛋！」

於是我就冷冷的回答道。

「這個我早就知道了。我是自從亞當付出一根肋骨以來，一模一樣的大蠢蛋，只好自嘆倒霉了。」

深夜起床的原因

男人到底爲什麼會半夜起來的原因，經全國性的調查以後，出現了如下的結論。

眞的不得不起床的佔二點四%。

有一點六%是去廚房看看有什麼可以吃的。

其餘的九十六%是因爲要囘本身的家而起床的。

最後的快樂

被宣判絞刑的男人和妻子見最後一面。

「孩子的爸！死刑的時候可以帶孩子來看嗎？」

「不行啦！」

「你就是這樣！到今天爲止，從來就沒有過讓孩子快樂一下的機會。」

便宜的名畫

藝術收藏家在報紙上看到以二百五十元出賣葛莫的名畫的廣告。

他懷疑是否印刷有誤，就到廣告中的地址去查問。

「沒有錯。」刋登廣告的婦人答道。「確實是葛莫的眞跡。」

收藏家立刻付出了少量的鈔票，將畫買來。

「到底問題在那裏呢？太太！」他在交易之後忍不住的問道。「這幅畫至少值一百倍以上。」

「實情是這樣的。」婦人解釋道。「丈夫剛剛二週前過世了，遺囑却囑咐要將賣畫的錢送給秘書小姐。」婦人面帶勝利的微笑又說道。

「我就是遺囑的執行者。」

家庭主夫

有位婦人對朋友說道。

「我的丈夫對我說，叫我不要只生女孩子。他要我生能夠幫助他做家事的男生呢！」

我的家

「芭莎！」哈曼對著公司的電話憤怒地叫道。「以後我要帶助手回家吃飯。」

「什麼？」芭莎傷心地道。「你眞厚臉皮啊！你難道不知道家裏變成什麼樣子嗎？二個孩子都生了病，家中都亂七八糟的，現在我又患上了感冒。賣肉老板說如果再不付帳就不再賣肉給我們了。這個時候你還要帶人回家吃飯？你不如去死吧！」

「你不知道啦！那個蠢蛋正在認眞考慮結婚的事，我只是想讓他自己好好親身體驗一下。」

貴族後裔

夫婦吵架當中，怒火如焚的太太使出了最後的王牌。

「你這個傢伙，難道忘了我是貴族出身嗎？」

「貴族出身我聽煩了。」丈夫不懷好意地道。「你不是帶來了一大批的貴族嗎？」

岳母與婆婆

孩子和女兒在一個月裏分別結了婚的母親，與朋友一起談論道。

「令嫒和怎樣的年輕人結婚呢？」

「非常優秀的年輕人。」母親興高采烈地回答。「女兒每天睡飽了，就到美容院保養一番，吃飯也不用自己準備，每晚都到外面去吃館子。」

「這樣不錯嘛。」朋友稱道。「那麼令郎跟怎樣的女孩結婚呢？」

母親就搖頭嘆息道。

「這個就糟啦！新娘太懶惰了，每天早上賴床，天天跑美容院花錢，也不做飯，每天晚上就知道跟丈夫到外面吃飯。」

如此懼內

聖伯多祿安排新來的靈魂進入天堂的順序。

「男性這邊，只是男性。女孩等一下再說。結了婚和太太一起來的有那些人，都過來。好！很好。男性當家的排這裏，妻子當家的排這裏。」

妻子當家的行列立刻就排得滿滿的，丈夫當家的一列好像一個人也沒有，最後好不容易才有一個長得不錯的男子出現。但是長相弱不禁風，不像大男人的樣子。

聖伯多祿就停下來看看那男子道。

「這一列是在家能夠發號施令的男人才能排的，你明白嗎？」

「是的，我明白。」男人說道。

「是眞的就好啦！」

「如果不這樣不行啦！」男人回答道。「因爲內人早就吩咐我要排這裏呢！」

病名

「醫師，如果哪裏有問題的話，請你用簡單的話來說明，好嗎？」病者對醫師說道。

「好！坦白的來說。」醫師說道。「你得了懶惰病。」

「非常感謝！」病者忍不住嘆息道。「那麼請你還是把醫學上的術語告訴我吧！因爲我還要回家告訴老婆呢。」

高爾夫狂

高爾夫球寡婦：「你永遠都只會想到打高爾夫球，我們結婚紀念日你到底記不記得？」

高爾夫球狂：「當然記得，那天我還打了一記漂亮的三十呎短打呢！」

三代關係

「喂！怎麼啦？拉長著臉。」

「山姆，我到底算是啥？」

「你不就是你，包勃哈利遜嗎？」

「這也許是吧！」

「到底怎麼啦？」

「我不知道我到底算是啥！」

「你是想得太多了。」

「怎樣也想不通啊！」

「事情到底是怎樣？」

「總之，就是結婚的事啦。」

「結了婚，不就幸福了嗎？」

「可是，就是這樣才糟了。」

「結婚難道沒有幸福嗎？」

「說是這樣，但不是全部都有幸福啊！」

「唉吔！你說的一切不是杞人憂天嗎？」

「事情是這樣的，山姆。和我結婚的是個寡婦，還帶著一個孩子呢！」

「這個我明白了，你跟她相處好嗎？」

「這個是另一個問題，糟的是，我父親原來跟她女兒結婚。這樣我父親不就變成我女婿了。」

「原來這樣。」

「不只這樣，我的養女不就成爲我的養母嗎?此外，那個女孩的母親就成爲我的外祖母了。可是，現在我和這個女孩的母親結婚，我不就成爲我自己的外祖父了。」

遺產

二個男人在密西西比河釣魚旅行後，正在回途之中，忽然在鄉下的路上車子拋錨了。於是就到附近的農家求助，碰到一位十分漂亮的女孩子。二人和那女孩就一起吃了晚飯，並待了一個晚上。

六個月之後，其中一人收到了一封不知來自何方的公文。但打開看了之後，不期然地笑起來了。

接著就打電話到釣友處。

「喂，湯姆！」他說道。「那天我們車子故障的晚上，你不是跟她在一起嗎？」

「是啊，是在一起啊！」湯姆遲疑地答道。

「於是你就有意把我的名字和地址告訴她。」

「唉吔！你不要生氣啦。」湯姆插口道。「你一直都很有幽默感的，現在去了那裏呢？」

「不是啦！我一點也沒生氣。事實上我是想告訴你那個女孩的律師寄了一封信給我的事。她上個星期剛去世，還留給我農場和一萬二千元的遺產！」

地獄行

居住在波士頓的一對夫婦，因莎士比亞和培根的事情爭執起來。

妻子認爲莎士比亞是眞正的作者，但丈夫則認爲是培根所寫的，大家因此互不相讓。

「如果我到了天堂，碰到莎士比亞，就可以證實這件事了。」妻子說道。

「如果在天堂找不到人呢？」丈夫問道。
「那個時候就要請你去問了。」

社會之窗

有一個孤獨的老婦人，將一套睡衣寄到紅十字會。
「這是我親身做的。」婦人誇口道。
雖然確實做得不錯，可是褲子前面沒有鈕扣。
職員指出這個缺點以後，婦人就開始思考起來。
突然，好像靈機一觸，婦人說道。
「你能不能把它送給單身漢。」

紳士

莎莉坐在櫃台後面，悠閒地剪著指甲，這時，有個穿著入時，漲紅著臉的男人忽忙的走進來。

不容分說地碰了莎莉一下，那男子惡狠狠地道。

「喂，小姐，男洗手間在哪？」

莎莉憤然地嘲笑說道。

「再過去那個門就是了，上面寫著紳士兩字，不過你也不用介意，你也可以進去嘛。」

藉口

美國職棒聯盟代表權比賽舉行的一天早上，職員對老板說道。

「事實上，我的祖母，她……」

老板不讓他說完就揷口道。

「喂，你不要再想用祖母過世的藉口，來溜走啊！」

「不是啊！事實是我祖母要休假回家，所以……。」

反應

在酒吧中一直默不作聲，若有所思的男子，忽然向旁邊的女性，問起了時間來。

那個女孩用響亮的聲音回答道。

「我不是早就說過了嗎？」

男子大吃一驚，對於酒吧中的人都向自己看過來感到十分不高興。

男子就有點膽怯地問道。

「什麼時候問過你呢？小姐！」

那女孩以更大的聲音發出驚叫道。

「你再說話，我就要叫警察了。」

男子大感困惑，拿著酒杯跑到角落的桌子上，還喘著氣，思索著如何避開人家的眼光，離開這個鬼地方。

大約半分鐘後，剛才那個女孩又走到那個男子身邊，輕聲地道。

「眞的很抱歉，令你受驚了。我原本是心理系的學生。我正在研究衝擊性的語言令人們會做出何種的反應，並根據資料寫成論文。」

男子足足盯著女孩看了三分鐘，然後以同樣的聲音狂叫著。

「只要二元，這樣的事情可以爲你做一個晚上。」

分手的時候

歐洲人常以我們美國人說話不知方法而對此表示輕蔑。以他們的標準來說，我們可以說是天眞無邪、口不擇言了。

剛從外國囘到美國時，曾經有過這樣的實際經驗。

有一天發生了這樣的事。

在飛機場內有位年輕的女性正彷徨無主地徘徊著，等待著丈夫的模樣。

這時有個職員看到，就詢問她。

「事實上剛跟丈夫分了手。」女子囘答道。

於是職員就說。

「不要擔心，小姐，我們會爲你找到另一個的。」

安眠藥

「令丈夫變得更老實的藥已經配好了。」醫師說道「就是這個藥粉了。」

「何時叫他吃才好呢？」妻子問道。

「不需要叫你丈夫吃的。」醫師回答道。「這是安眠藥，是讓你吃的。」

誰也不知道

威廉斯夫婦的幸福生活，因爲愛斯拉叔父同住的關係，幾乎瀕臨破滅。

十二年的不短時光，他除了住在威廉斯家外，經常出現反覆無常的態度，而且蠻橫無理。

終於這位叔父最後死於肺炎。

從墳墓回來的路上，威廉斯對妻子說道。

「事實上，如果不是因爲我非常愛你，這麼長久的時間和你的叔父一起生活，根本是令人難以忍受的。」丈夫認眞地說道。

妻子頓然蒼白著臉，對著丈夫說道。

「我的叔父？」妻子叫道。「我還以爲是你的叔父呢！」

漂亮的原因

「求求你，跟我一起走吧！」
「現在不能跟你走啊！我正穿了父親的褲子，如果明天的報紙出現一則新聞說有人穿著父親的褲子私奔，這有多糗啊！」

私　奔

離家出走的女兒，接到父親的電報。
——如果回家的話，一切都准許啦！——

女性駕駛人

A：「雄蚯蚓和雌蚯蚓有什麼分別？」
B：「不曉得。」
A：「雌蚯蚓在轉彎時不會打訊號。」

文書戰

有位年輕的企業家，經過漂亮秘書的桌前，發現桌上有一封寫著：「失火時打開」的信。

好奇心十分旺盛的企業家就趁著秘書離開座位時，偷偷把信打開。結果發現信內寫了一張便條，上面寫著「現在不行！失火時才可打開，傻瓜！」

企業家心裏老大不高興，決定趁機報復。

另一方面每月送來的花花公子月刋很受歡迎，這本書常常因爲大家爭奪先看的機會而生爭執。

數週後，剛寄來的花花公子月刋，經秘書接收後，附上了字條，送到企業家的桌子上。字條上寫著：「給予你最優先的榮譽。」

轉眼間，這張字條又送回秘書桌上。但上面又加記了一行字：「很好！但什麼時候好呢？」

速度

有二個農夫在村落裏的雜貨店門前吹起牛來。

「我的外甥可厲害啊，他健步如飛，就算飲醉酒，也能跟子彈比快呢。如果一起競賽的話，就算相差五哩的距離也能追得上呢！」

「當我和老婆在說話中，正在想到這有多快時。不知道怎樣，蠟燭的火被風吹滅之中，房子還沒暗下來，我老婆的衣服就已經不見了。」

大農場

達可達農場的廣大被一名男子吹噓著。

「總之，這裏的農場很大。如果實地去看的話，從春天花開的時候開始，一直往下面走，走到盡頭時，秋天也來臨了。

但令人吃驚的還不止呢。如果新婚夫婦一起去做擠牛乳的工作，那麼回來的時候，拿著牛奶桶回來的說不定是他們長大的孩子呢！」

花花公子

百老滙有名的花花公子，來到一處理髮店刮鬍子。

不久，一位漂亮的修甲師出現了。

花花公子就立刻把握機會，邀請她晚上共進晚餐。

「不行啦！我已經結了婚。」女孩小心地回答。

「那麼你可以跟丈夫說啊！」花花公子建議道。「我想他應該會肯的。」

「謝謝你，先生！」修甲師回答道。「正在幫你刮鬍子的就是我先生。」

虹彩

瑪莉的男友很多，常常來訪，但當他們只餘下二個人時，就會變得很安靜。所以瑪莉的老爸就常常覺得有點奇怪。於是有天晚上，他對妻子說道。

「我看到一種可以監視瑪莉的好東西。那是一種電視機。如果有人握手的話，會亮藍光，如果親吻的話，會亮紫光。今天晚上如果她的男友來了，就要立刻把開關打開來。」

二人於是把器材安裝好，同時瑪莉的男友也來到了。

老爸就在沙發上打起瞌睡來，妻子卻開始猛烈搖動起來。

「快點起來，孩子的爸。不得了，出現漂亮的彩虹了。」

男人本色

最高法院法官奧利佛，與同名的著名畫家的父親一樣，十分長壽，足足有九十多歲。

有天正在和同事散步之中，迎面而來又走過去了一位很有魅力的女孩。

面有憾色的樣子，法官目送女孩的背影說道。

「唉吔！就像回到七十歲時一樣！」

閨　房

有個美國水手，千方百計，終於潛入了一處阿拉伯人的美女閨房。

這時候，有個肥胖的宦官，毫不在乎地，對著一列並排的嬌滴滴女人，噴起冷水來。

「這是宗教的儀式嗎？」水手問起帶他進去的人來。

「不是，這是執行命令。等熱水好了，就要送到蘇丹王的寢室去。」

人上有人

史密斯慘無人色地回到酒吧。

衣服破了，鼻子也流血了，門牙也打落了二顆。

「怎麼啦？這是什麼囘事？」損友之一問道。

「都是那管理人不好，要將大厦裏的女孩弄到手，一個人不容易哦！」

「哈！那一定是住在六樓的佐丹夫人吧！」

牙醫師

哈利來到牙醫診所，要接受牙齒的檢查。牙醫面有難色地搖著頭說道。

「不知道怎樣說好了，哈利先生，如果不全部換上假牙就不行啦。總共要付五千美元。」

哈利苦著臉囘答道。

「說眞的，我付不起五千元，能不能再便宜一點呢，醫師。」

「我這裏是不行啦。不能再便宜啦。不過，我可以爲你介紹別的醫師，我想會比較便宜。」

於是哈利就來到別家診所，有位年輕的醫師給他診視後說道。

「不全部換上假牙不行啦！要花二千五百元。」

哈利沒有立刻答應。確實是很便宜，但是假牙的安裝很重要，於是躊躇了一會，回答道。

「醫師，坦白的說，醫師您還很年輕，經驗大概不會很多。雖然我也希望便宜一點，但我也不想犧牲假牙的品質。」

年輕的牙醫說道。

「你的確很有道理。事實上我還很年輕，一直也是獨立行醫的，如果你要知道我的水準如何，你可以問一下二年前來過的安德遜先生，他也做了類似的假牙。我給你他的電話號碼，你自己去問問他吧！然後再來跟我談。」

「那麼，眞的謝謝你。」哈利感謝一番，那天黃昏就和安德遜先生談起這件事來。

聽完事件原委後，安德遜先生鄭重地開始說話。

「哈利先生，我有很多興趣……」

哈利立刻插口道：

「安德遜先生，這些話以後再說吧！請你先說一下牙齒配合的情況。」

「這我已經知道啦。」安德遜冷冷的回答。「不過，我所說的就是要回答你的問題。我有一個興趣就是每天早上，不管是刮風下雨，都要六時起床，到海邊無人的地方，脫光衣服，游泳三十分鐘，只要六時一到，誰也不能妨礙我。」

「可是，」安德遜顯得更為冷漠地說道。「上個星期，一如往常般慢慢游泳完畢以後，正在穿上衣服的時候，有一個年輕的女人走過來。大概跟我有共同的嗜好，而且她漂亮的身材，也是一絲不掛地出現眼前。當然我非常感到有興趣，但也一時不知所措。幸好這個女人也沒說什麼就微笑起來，並走近我身邊。最後我們當然就走在一起。這個時候，正是兩年來我首次不會感覺到牙痛的侵擾了。」

迷信

一對男女正擁抱得興起時，門上傳來開鎖的聲音。

年輕的女人立刻掙扎開來，用恐懼的眼神大叫起來。

「不得了啦，我丈夫回來了！快點爬窗走吧！」

年輕的男人正驚慌地走到窗前一看，却停了下來。

「糟了，這是十三樓呢！」

「什麼？」年輕女人不以爲然地叫道。「這時候你還要這麼迷信嗎？」

孫子的面貌

詹姆士的大女兒剛生產了一個漂亮的小男嬰，大家都向詹姆士道賀。然後他臉上却沒有快樂的神色，友人就問道。

「怎麼啦？詹姆士，做了祖父也不開心嗎？」

「就是啊！這也沒什麼大不了，只是一想到以後就要跟祖母級的女人睡在一起，所以感到有點傷心而已。」

追求女人

有一個人向同事抱怨沒有女人緣。

於是同事就向他獻計說道。

「有一個方法你可以試一下。黃昏時到威斯堡站等待看看。這時候會有女子等待丈夫下班回家。總有一個二個丈夫遲到的。你就可以跟其中一人約會。因爲丈夫遲歸而欣然答應約會的女子應該是有的。」

該男子想想覺得有理，於是第二天就坐上一部往康乃狄角的火車。

可是因爲太興奮的關係，在史丹福特站就下了車。

「不在威斯堡下車也沒關係吧！這裏也是車站啊！就在這裏碰碰運氣吧！」

於是該男子就在月台上等待火車的來臨。

不久丈夫們都下車了，太太也都開車回家了，最後只剩下了一個女人。

於是那男人就有意無意地走過去，邀請她去吃飯。

然後二人吃飯、喝酒、跳舞。接著男子就以再喝酒爲理由，建議到女人家裏去。

可是突然間，丈夫回到家裏，並對妻子抱怨起來。

這時，丈夫發現有個男子從窗口跳走。

「喂！你這個小偷！」丈夫大叫道。「你不是說在威斯堡嗎？來史丹福特做什麼？太豈有此理了。」

晚禮服

繁華大街中經營的商店，正陳列著簇新的晚禮服，上面還有字條寫著：

——這裏陳列的晚禮服，用途就像木欄柵一樣。保護物品，但又不妨礙視線。

動作一樣

有個農夫和小孩一起去看博覽會。孩子表現出很大的興趣，東問西問的，最後小孩問道。

「那個人爲什麼在牛身上東摸西摸，掐掐打打的？」

「這是要買牛的人，他要看看肉質如何。」

數日後，孩子喘著氣對老爸叫道。

「快點，老爸！送牛乳的人要來買姐姐呢！」

貂皮大衣

辦公室內女士們聚在一起談到昨晚的愛情冒險故事。

「他把我帶到他家裏。當我打開衣櫥時，發現居然有十件非常漂亮的貂皮大衣。正在想怎麼辦的時候，他把一件送給了我。」

「那麼，你必須做什麼才行呢？」其中深表懷疑的同事問道。

「只要把袖改短一點就行啦。」女孩回答道。

最佳答案

醫學生正在回答國家考試題目。

——母乳比牛乳更適合嬰兒的原因，試列舉其五——

學生回答如下

——首先，更新鮮

第二，更清潔

第三，不會被貓偷吃

第四，去看電影、旅行，攜帶方便

第五，它放在一個多麼漂亮的小容器之內。

結果那學生考試通過了。

出走

羅密歐的臉出現在愛人臥室的窗子外。

「親愛的！」他叫道。「我們早點出走好嗎？」

「小聲點，不要吵。」茱麗葉發現了。「爸爸會聽到，那一切就完了。」

「這你不用擔心了，你爸爸正在下面按著梯子呢！」

夜盜

嬌弱的女聲自電話傳來。

「有二個年輕男子，正要從窗口爬入我家裏！」

「對不起，你弄錯了，這裏不是警署，這裏是消防局。」

「我知道啦！」女孩不客氣地說。「我就是要找消防局啊。我看他們正需要梯子的樣子。」

女演員的生命

她作爲女演員的生命，是開始於所穿毛衣比本身身體小的時候，而終於所穿的短褲比本身身體小的時候。

美國狂想曲

人際間的關係一方面是慾望的結合以外，同時也能顯露出爲人所不知的好的一面來。絕對邪惡的人固然沒有，徹底的好人亦不存在。不管是好人、壞人，裝腔作態難免都會有。這樣笑話就應運而生。此外，在互相欺騙之中，也常出現將計就計的人。人間難免有墮落的事發生，否認這種可能的驕傲的人也常爲人所取笑。

眞正的原因

詹米一邊哭泣著，一邊從二樓走下來。

「到底怎麼啦？」母親問道。

「爸爸要掛畫的時候，鎚子打到手指了。」詹米哭著回答。

「這沒有什麼大不了嗎！」母親安慰道。「你已經長大啦，這種小事就哭是不應該的。笑一下不是很好嗎？」

「所以我才笑啊！」

趕不上

有一個人要乘搭往芝加哥的火車，趕到車站時，就差了一點而趕不上火車。他從後目送火車離開時，揉著雙手嘆息。

「唉！運氣太差了，能否搭上火車將要改變我的命運啊！」

「你晚了多少？」旁邊一位男士問道。

「只有十秒。」

「只有十秒？你嘆息的樣子，我還以爲你至少遲了一個小時呢！」

工作量

「我怎樣也不太明白。」中年男子開始說道。「爲什麼我的鬍子比頭髮更快變白呢？」

「這很明白嘛！」幽默的男子說道。「你用口來做事比用頭腦更多的原因嘛！」

國家改變

史特尼夫人已經八十一歲了。她住在離蘇聯國境五公里的小農家中。

有一天，孩子口中叫著『伊斯比斯茶吔』走進屋子裏。「媽，新的條約已經簽好了，這裏將成爲蘇聯領土了。從今以後，我們不再是波蘭人，而是蘇聯人了。」
史特尼太太滿足地點頭稱道。
「太好了。已經一年了，這麼寒冷的波蘭冬天，我實在難以忍受。」

電腦

巨大的電腦占領著廣大的地方，前面站著的二位數學家顯得十分渺小。
不久一張紙自電腦中心部分出現。
一位數學家拿著紙，小心研究上面的數字，另一人說道。「這麼大的錯誤，至少要四百個數學家花二百五十年才能造成的吧！」

鬧鐘

「唔，今天又遲到了，已經是第四次了，蘇珊！」
女主人對女佣人如此說道。
「是的，太太，因爲晚起床了。」女佣囘答道。

「送你鬧鐘好不好？」
「我家裏有，太太。」
「有沒有上發條呢？」
「有的。」
「時間設定好了嗎？」
「是的，每晚都設好的。」
「那麼，爲什麼每天早上都聽不到聲音呢？」
「就是聽不到，太太，每次都是正在睡當中，它才響起來，所以聽不到。」

謎語

小孩：「二十四隻脚，綠色眼睛，全身粉紅色，肚子紫色的東西是什麼？」
紳士：「我不知道，是什麼？」
小孩：「我也不知道，不過，叔叔從你領子上把它拿下來，不就知道了嗎？」

聲音主人

街角的酒吧的主人正在酣睡當中，才晚上三時，電話就響起來了。

「你的酒吧什麼時候開門？」飲醉酒的聲音說道。

「十一時。」主人回答後立刻掛斷。

一分鐘後，電話又響了，同樣的聲音問道。

「你說什麼時候開門呢？」

「是十一時啦！」主人怒道。「早一分鐘也不行。」

「誰說要進去呢？」憤怒的聲音回答道。「我要出去啊！」

繁殖能力

一對土撥鼠夫婦，被二百二十頭狂吠中的獵犬和四十二個獵人所包圍。

「只要再過兩個小時。」男土撥鼠樂觀地說道。「我們的數目就可以超過他們了。」

長髮族

有個嬉皮在理髮室的等待處坐著。

一小時過去了，主人告訴嬉皮說輪到他了。

「我不要理髮。」

「那麼，你要做什麼？」主人問道。

「我根本不想被老板看到的。」嬉皮答道。「因爲我做夢也想像不出，理髮店跟老板的樣子到底如何！」

馬和車

小兒：「爸爸，馬和車那個比較快？」

爸爸：「當然車快。」

小兒：「那麼爲什麼不賭車快呢？」

作飯遊戲

小男孩和小女孩正在玩作飯遊戲，玩得興高采烈中。

突然，小女孩跑到母親前面，拉著裙子說道。

「眞的一定要走啦！」女孩認眞地說。「主人褲子都弄濕了。」

不孝子

帶著孩子到動物園的父親，來到獅子籠，指著獅子說道。

「你看，這是動物中最兇殘的。如果從籠中跑出來的話，馬上就要把爸爸撕碎了。」

孩子問道。

「爸爸，如果這樣的話，回家的公車要坐幾路呢？」

聖人

聖人和罪人同乘坐一船。

突然狂風大作，船眼看要下沉的樣子。於是船員和乘客都一起誠心祈禱。

「神啊！請你幫助我！」罪人叫道。

「不要吵！」聖人警告道。「如果讓神知道你在這裏，就麻煩了，那不是要我們跟你一起完蛋嗎？」

眞作者

鄉下劇院演出哈姆雷特一劇後的一天，新聞評論十分苛刻。

——長久以來，一直無法解決哈姆雷特的眞正作者是誰，到底是莎士比亞，還是培根呢？今天本欄終於找到了決定的方法。首先打開兩人的墳墓。那個昨天晚上曾經翻身的，就是哈姆雷特的眞正作者了。——

愛好之物

北極海中一艘船擱淺了。正値寒冬，周圍到處冰封，餓死的動物不少。

連最後一條乾魚也吃光了，勇敢的船長大步站出來。

「各位，讓各位來到這種地方的人就是我，所以應該我先死。我的身體大概可以維持你們二週吧！」

船長於是拿出私藏的手槍，對著太陽穴。

正要扣扳機時，大副叫道。

「等一下，這樣不好。船長！請你不要把腦袋打壞了。這是我最喜歡吃的地方！」

偶然的一致

數年以前，伊利諾州從來沒有水位氾濫的現象，因此偶然一次的大水，都被稱爲洪水。比奧利亞鎮的一次審訊中，需要一位住在以天堂爲名的河流岸邊的老人作證。

「名字是？」

「亞當。」

「名字亞當，住那裏？」

「住在天堂裏！」

「名叫亞當，住在天堂。從什麼時候開始住在那？」

「從洪水時，一直到現在。」

宗　旨

新樂園聖公會的有名牧師，接受了一部漂亮新車。歡天喜地的牧師，立刻坐上愛車，往曼哈頓去。

由於太過興奮，竟然在單程路上反向行駛！

張惶失措的牧師，爲了要脫離那裏，就硬闖紅燈，違法轉彎了。立刻就被警察看到了，於是將車子引導至路邊。

「牧師先生，你同時違反了三個規則。我可以佯裝不知道。不過我要先警告你，下一個警官是浸信會的。」

果園

傳教士訪問信徒所經營的果園，認爲像果園的情況，無疑可以稱得上是大豐收了。

每次都重覆用同樣口吻說話的傳教士說道。

「你和神，在這裏做了十分偉大的工作。」

正要離開果園時，傳教士又說你和神都十分成功的相同的說話。

這個農夫不免有點不服氣，就這樣回答道。

「是啊。你說的有理。不過，五年之前，這個土地只屬於神的時候，你大概根本不屑一顧。」

味道如何

傳教士進入森林中的隱閉地方，會見食人族酋長。

「宗教方面，你知道什麼？」

「這個嘛，以前的傳教士來的時候，我已經嘗過了。」

字典才有

「各位！」幽默感十足的黑人對群衆叫喊著。「充滿痛苦和困難的人生當中，同情通常可以在那找到？」

「在那？在那？」很多聽衆叫道。

「字典之中。」黑人若無其事地叫道。

長壽的秘訣

美國新聞特派員來到法國的城堡，訪問長壽知名的老人。雖然已經一百零五歲，但仍然健康得很。

「長壽的秘訣是多吃多飲酒。」老人對特派員說道。「分別在於只喝葡萄酒。今天我就一滴水也沒有喝過。」

「我不相信」特派員笑道。「那麼早上用什麼刷牙？」

「這個嘛，」老人輕鬆地回答道。「是用淡的白葡萄酒。」

先飲爲快

非利根：「如果我死的話，葬禮中請在墓上灑上愛爾蘭威士忌。」

舒英：「好啊！不過你介意先經過我的腎嗎？」

疑問票

哈佛德正競選新哈姆斯亞某郡的警長職位。

爲了選票只好地毯式一一訪問選舉區內的居民。

洛克威爾太太看到哈佛德要來的時候，就拚命揮著手叫道。

「不要進入我的房子一步，你這個流浪的廢物。」

「可是，太太，我是來請求你惠賜一票的。」哈佛德抗議道。

「要選警長嗎？」太太叫喊道。「你應該被關進拘留所裏，好好接受管理。你是個惡棍，你父親和祖父都是惡棍。趕快走吧！」

哈佛德只好忍耐著回去。

坐著舊式的福特車，在記事本上洛克威爾的名字下記上疑問票一張。

奇蹟

在天國舉行的高爾夫球比賽決賽，聖伯多祿和聖保羅互爭長短。

聖伯多祿擅長於在發球區擊球，一下子就打出了記一桿入洞的好球。

聖保羅毫不慌張地，同樣擊出一桿入洞的好球。

聖伯多祿實實在在地將得分記錄下來，並說道。

「怎麼樣，保羅，不用奇蹟，光用實力不行吧？」

初學者

有二個初學高爾夫的人正在玩球。下一個地方是距離三百碼的綠地，其間障礙很多。其中一人閉起眼睛用力一揮。不知是偶然還是運氣，球直飛果嶺，一桿進洞。

「一桿進洞！」這人大叫道。「讓我再來一次，我們賭看看。」

「好呀，我們來賭吧！不過，有一個條件。」

「什麼條件？」

「這一次你打球時要張開眼睛！」

計算

有四個男人很喜歡玩高爾夫球。第九洞的障礙是一條深谷。其中一人能夠把球打過深谷，但三人的球都打到谷中。這三人就走到深谷，下去把球撿回來，二人把球拿回後，第三人下去後不久，球被打上來了，接著他也上來了。

「你揮桿幾次了？」一人問道。

「三次。」

「但不是有六次聲音嗎？」

「其中三次是回聲！」

自我表示慾

亞特蘭大監獄剛剛來了一個被判二十年徒刑，當代有名最厲害的僞鈔製造犯。他所僞造的五元紙幣比造幣局所印製的還要精美，可惜的是，因爲犯人有一項難以自我抑制的毛病。

那就是他把林肯像，居然換成了自己的肖像。

多彩

「你的作品色彩太豐富了。」編輯將厚厚的原稿送回去時說道。

「問題在那裏？」失望的作家問道。

「總之，第一章開始，老人發怒時變紫色，惡棍囂張時變綠色，主人公憤怒時變青色，女主角害羞時變紅色，駕車者寒冷時變蒼白。這些太明顯了。」

保險詐欺

鎮上第一流的食品店失火了。可是店主人剛剛才買的保險，所以保險公司懷疑是否詐欺，但苦無證據。

保險公司絞盡腦汁，終於寫了下面一封信。

——敬啓者，本契約閣下拿回去時是早上十時，後來失火的時候是下午三時半，到底其中遲誤的理由何在，請說明一下——

罰金

這是亞里桑那州的開拓時期的事，有一名法官以鐵拳和手槍治理地方。

鎮上剛出版了一本西亞斯公司銷售的貨品目標。

法官將目錄放在桌上，當需要判罰金時，就根據書內目錄來判。

有天早上，一如往例把目錄打開，對著被告叫道。

「罰金三元四十九分。」

被告正要抗議時，律師制止他說道。

「不要再吵啦。你運氣很好啦。還好是翻到嬰兒服，如果翻到鋼琴那一頁，那就慘囉！」

光頭

有個男人走入理髮店，要求剪東尼·卡迪斯的髮型。

「遵命！」理髮師答應道，於是他就坐在椅上睡著了。

十五分鐘後他看看鏡子，才驚覺頭髮都被剃光了，於是從椅子上跳起來，大聲問道。

「是東尼卡迪斯啊！不是叫你剪他的髮型嗎？」

「我當然是照你的吩咐了。我對他的髮型最清楚。我才剛剛看到他演國王與我中光頭的造型！」

習慣了

奧共尼開車時，一時睡著了，沒注意到而撞進路旁農家的屋子裏。迷迷糊糊的從車內走出來說道。

「阿甫頓怎樣走呢？」

農婦冷冷地說道。

「從厨房一直穿過去，在鋼琴左轉就到了。」

不請自來

食飯時不請自來的客人，其居心如何實難猜測。從紐約外三里遠處居住的男子，有天下午離開家，走到公車站，乘搭渡輪到塔利鎮，乘車到中心區，到了紐約後，再乘地下鐵到布利克林的紐諾資街，從那裏坐了十英哩的路程，再步行二十分鐘，終於來到某座公寓，登上三樓後，按了朋友家的門鈴。

朋友家中正在用餐中。

「唔，這個時候有什麼貴幹？」朋友太太叫道。

「沒什麼，我剛巧路過！」

復仇

剛自愛爾蘭移民美國的二個男子，在某間餐廳中工作。工作是負責傳菜。

克林和巴多是第一次看過西洋芥末，以爲是某種新穎的咖哩。

克林就弄了一口嘗嘗看，結果連眼淚都流出來了。

「怎麼啦？克林，你爲什麼哭呢？」

克林死不認錯地回答。

「我所以哭，因爲我剛才想起以前祖父被吊死的事情。」

巴多亦十分同情。然後他也想嘗一下西洋芥末，結果也是被迫流下眼淚來。

這次克林要問個中原委了。

「我所以流淚的原因，是爲什麼你祖父被吊死時，你却沒有被吊死。」

失物

來自山中的人

乘船渡河的大學教授，途中對船夫問道。
「你懂得哲學嗎？」
「不懂，從來沒聽過。」
「那，你的人生失去了四分之一，地理學呢？」
「也不曉得。」
「那，你的人生失去了一半啦。天文學呢？」
「不知道。」
「那四分之三失去了。」
這時船突然翻轉了，二人浮在河中。
「你會游泳嗎？」船夫問。
「不行啊！」教授說。
「那麼你的一生都要失去了。」

一直在故鄉的鐵路工作的蘇格蘭工人移民美國，在中西部的鄉下居住。不久那裏開始要鋪鐵路。

「聽說那邊要鋪上路軌。」鄰人對工人說道。「到底怎樣鋪呢？」

「我也不曉得！這裏這麼平坦，那裏才能掘隧道呢？」

寫劇本

在荷利活，一份劇本至少要修改六次才能完成，從來未有一次完成的。從莎士比亞到聖經也都有修正過。

有個劇作家黎達在將要臨終時，作了一首詩，要求親友在葬禮時宣讀。死後，親友中的二人一起商討。

「請你幫忙一下，黎達交託過要唸的詩，請你拿去改一下。」

結果二人就把死者的作品，改寫得幾乎完全不一樣。

認錯人

高根正在地下鐵的樓梯走著時，突然看到相識的人，就跑過去碰了他一下，並說道。

「尼可，怎麼人都變了，比起上次見面的時候，你好像重了三十磅，鼻子也整型了嗎？好像身材也高了二呎。」

男子憤怒地回答。

「對不起，我不叫尼可。」

「什麼，你連名字也改啦！」

找尋東西

羅珊市的電影院中，正播映著謀殺電影，有一個老紳士開始用手在地上到處摸。旁邊坐著的婦人很不高興道。

「你在找什麼啊？」

「牛奶糖。」男子答道。

「為了一顆牛奶糖就弄得四鄰不安？」

「就是啊，連假牙也一起掉了。」

睡呆了

到處旅行的銷售員，到了一家酒店住宿。

結果因爲客滿，所以一直求店家方便。因爲數公里以內其他酒店也都客滿。一二〇三室的巴甫中尉房中有多餘的床鋪，於是樂意地讓給推銷員住。

推銷員因爲早上要七時乘火車，所以拜託別人六時半叫醒他。於是一晚無事。

第二天早上，推銷員乘電梯下樓時，電梯服務員招呼道。「早安，中尉。」

來到門口時，守衞亦同樣地稱呼他。

這時推銷員就莫名其妙地低聲說道。

「才早上六時半，大家好像都睡呆了。」

乘搭火車後，他就走到洗手間，想刮一下鬍子。

結果一眼看到鏡子就大聲叫了起來。但這時火車已經開了。他瘋狂地叫喊，使其他乘客都嚇呆了。

「我的天啊!他們叫錯人了!」

妙時代

高頓離開紐約往芝加哥的那一天，正好利夫要離開芝加哥到紐約。

二人都是成衣界的名人，也都乘搭「二十世紀號」列車。

這二部列車同時到達水牛城，二人在月台散步時碰個正著。

正在談得興高采烈的時候，兩人無意中一起乘搭了一部列車。

一小時以後，正在熱烈討論鈕扣的研究當中，突然高頓說道。

「利夫先生，你認爲我們這個是什麼美好的時代？」

「到底是什麼意思呢？」

「例如今天一樣。我從紐約到芝加哥，而你從芝加哥到紐約，但我們却能同乘一列火車！」

天堂的這一方

半空的水瓶最響，可是美國人所愛好的吹牛大話，也不是一點智慧都沒有。在自由廣濶的天地中生活，就自然形成，濶達、單純、陽剛的氣質。雖然也有驕傲自滿的一面，但美國的大話中，絕不含小里小氣的內容。

耗損的指頭

黃石公園的嚮導，被問到爲什麼右手食指沒有的事。

「我在這二十五年中一直擔任嚮導，因爲旅客太好問了，所以爲了到處指示的關係，連手指也就這樣耗損了。」

排水溝

有個德州人來到尼瓜拉瓜大瀑布參觀，當地的土人就對他說道。

「怎麼樣，很壯觀吧！我想貴國大概沒有這麼偉大的風景吧！」

「你錯了，在達拉斯，自來水廠十分鐘內就可以排出這麼多水。」

巨樹

加州出生的男子談到家鄉的巨樹。

「巨樹嘛，聽說最近有一顆中空的巨樹倒了，橫越過深谷，如果要造橋的話，可要花大錢呢。這些中間有洞的樹，如果拉一輛載滿乾草的車經過，那麼就算迎面再來一輛車，也不會碰撞到。」

乾旱

「這裏附近會不會下雨？」開車深入西部的男子，對居民問道。

「雨嘛，這個鎮，如果蟾蜍住上五年，大概也會忘記怎樣游泳。」

跑壘好手

「我跑得可快哦！我代表巨人隊時，有一次打了一記全壘打，當我踏上一壘時，觀衆還沒有聽到擊球的聲音，走到二壘時，二壘手還在發呆，最後當三壘手發覺時，我已經衝回本壘了。了不起吧！」

蚊子的上衣

「去年夏天，出海釣魚時，黃昏時在甲板上抽煙，聊天時，一大群蚊子飛來。結果所有東西都變得黑漆漆的，那些蚊子像鳥一樣大，停在船上，一下子什麼都吃光了。」

大家都不以爲然之際，另一人開口說道。

「大家不要奇怪，我可以保證，一個星期以後，再到同樣的地方，也會有一大群蚊子。」

最初說話的人就不滿道。

「你怎麼知道呢？」

「我怎麼知道，因爲那些蚊子都是流浪漢，它們最不喜歡用帆布做的衣服！」

大話西遊

「這是我在印度旅遊時發生的事。」俱樂部的老人開始吹牛道。「有些女孩正在河邊洗衣服，一隻老虎突然出現，大家都十分驚慌之際，其中一人很勇敢地把老虎的頭按在水中，最後老虎就落荒而逃。」

「各位。」坐在搖椅中的男子說道。「我可以證明這件事是千眞萬確的。因爲當時我在附近散步，也碰到這隻老虎，走近一看，結果發現它的頭髮是濕的！」

話也凍僵了

「我們去的地方非常寒冷，連蠟燭都凍僵了，吹也吹不滅呢！」北極探險家說道。

「這沒什麼了不起的，我們去的地方，一開口說話，連話也結冰了，如果不用火烤一下，就什麼話也聽不懂了。」

一起吹牛

「換了新工作嗎？」

「是的。」

「那是什麼工作？」

「農業。」

「種植什麼？」

「各種的蔬菜。令人難以相信的大甘藍菜。如果一連士兵下雨時路過，只要在一片葉子下就可以避雨了。那你又做什麼呢？」

「我的工作是製造鍋子，也許令人難以置信，但所造的鍋子，長二哩，寬一哩半！」

「這麼大的鍋子做什麼用呢？」

「爲了煮你剛才說的大甘藍菜啊！」

升降機

佛羅里達出生的男子和加州出生的男子，在市場中互比吹牛的本事。

佛州出生的男子指著西瓜說道。

「加州的葡萄有這麼大嗎？」

加州出生的男子對著西瓜說道。

「在我們家鄉像這麼大的水果從未見過。不過，跟乾葡萄的大小差不多！」

速度相同

「我的馬可厲害，我養的一匹老馬，和超特快火車相比還要快四十英哩。」一個北佬對加拿大人說道。

「這沒什麼，我在離家五十哩的地方碰到狂風暴雨。於是騎馬回家，但在最後的十哩中，風和馬十分接近，但我一滴雨也沒沾濕。但是在後面追著的狗，就一直在游泳呢！」

母雞

「說到小雞，我就想起主人所養的母雞。它不管是網球也好，橙子也好，什麼都要拿來孵化呢。而且連冰塊也不放過，一下子可以溶掉二公升呢！」美國人說道。

「這個可比不上我媽媽養的母雞。它不吃麥片，只吃鋸木屑。它也會生蛋，可是一看，雛鳥之中所有的脚都是木頭的，而且有些雛鳥還是啄木鳥呢！」

吹牛大王

「你去過環遊世界嗎？那萊茵河應該到過吧。」

「一直到盡頭！」

「西馬奴寺的獅子也看過吧?」
「餌也給它吃過!」
「黑海去過嗎?」
「有,我在那把鋼筆裝滿墨水!」

效能

在蘇格蘭旅遊的美國人對居民說道。
「你聽過美國用於牛隻的藥物嗎?如果將牛切傷,在傷口處塗上藥,一週後就可復元了。」
「這沒什麼了不起。我出生的時代,如果牛割傷了,在傷口上塗藥,不用一星期,舊傷口就生出新的牛來。」

水乾了

哈利宣稱他的故鄉奧克拉荷馬州,河水十分缺乏,在水中巡行的魚群游過後,會揚起大片的塵埃！

聰明狗

話題談到狗的時候，說話就十分誇張了。

「史密斯家的狗非常聰明，有天夜裏，他家起火了。一下子全家像天翻地覆似的，史密斯夫婦和孩子們沒命似的逃出來。可是家中的狗羅拔還奮不顧身地衝入火場，最後終於平安回來，但身上的毛都燒得黑焦的。你知道它作什麼嗎？」

「不知道。」聽話的人說道。

「它口裏銜著是火災保險證書。」

依賴別人

紐李資夫人自歐洲旅遊歸國，友人聚在一起聆聽她旅遊時的見聞。

「旅程中有沒有經過羅馬？」

「吓！什麼嘛！總之車票都是丈夫買的啦！」

我也一樣

美國的旅客到倫敦參觀。

一行人登上了在海戰中爲英國帶來無數次勝利，屬於英國總督尼爾遜的旗艦。

英國水兵帶領著遊客，參觀甲板，面對一面高懸的紀念碑，恭敬地說道。

「請仔細觀賞。這裏是尼爾遜總督倒下的地方。」

「哦！這沒什麼了不起呀，我也幾乎在這摔倒！」

愛好旅行的美國人

人數衆多的遊客正在參觀巴斯比奧火山口。

有個美國人對另一個人說道。

「跟地獄一模一樣。」

這句話被英國的女人聽到後，她對旁邊的人叫道。

「哇，不得了！這些美國人眞會遊歷啊！」

引用句

到英國觀光旅行的老婦，坐著觀光巴士來到史托拉多佛德訪問時大吃一驚，因爲到處都是莎士比亞的紀念品。

於是老婦來到莎翁故居，買了一套莎翁全集，回到車上閱讀起來，並對旁邊的遊客說道。

「眞的是到處都是莎士比亞，大家都在大呼小叫的。不過只是將自古有名的引用字句組合起來而已。」

觀光客

美國的觀光客到巴黎時，必定會去參觀羅浮宮。觀光客大多對有名的繪畫十分熟悉。

有一次，新婚旅行的一對夫婦，乘車直到羅浮宮後，丈夫對妻子說道。

「唔，你到裏面去走走，我在外面散步，二十分鐘再在這裏會合。」

二人後來回到美國，一位親友問道。

「到巴黎有沒有去看過蒙娜麗莎？」

「如果羅浮宮裏有的話，那麼我們確實看過。」新娘斷然的回答。

複製品

「總之，你一定會對米蘭的作品「晚鐘」看得入迷的。」返回美國的輪船上，波士頓人對來自肯薩斯州的人問道。「我認爲這才是羅浮宮中的一流作品。」

「你被大騙子米蘭騙了。」來自肯薩斯州的人叫道。「你怎麼想的呢？這幅畫三十年前就掛在我船上厨房內。把它偷走了就當作自己的畫亂吹，怎麼可以呢！」

國家自大狂

有一個北佬在巴黎聽法國人及英國人各自吹噓自己國家的畫家的偉大，終於忍不住叫道。

「算了吧！我們家鄉有個叫比爾的男人，能夠將軟木塞塗抹成爲玻璃球的樣子。然後將軟木塞丟到水中，結果就像石頭一樣，沉下去了。」

意大利

甫自意大利旅行回家的父女對友人說道。

「意大利的鄉鎮非常漂亮，但最引人入勝的是水都威尼斯。」

「是啊！威尼斯！非常可愛的地方。你父親大概因爲那裏有水中泛舟、米開蘭基羅等名勝，所以喜歡威尼斯。」

「可不是這樣。」女兒插口道。「父親所以喜歡的原因，是因爲他可以直接從酒店窗口，放下魚桿釣魚呢！」

特別大學

「這個大學，爲什麼變得名聲不太好呢？」

「因爲其中的足球選手比入學人數還要多。」

糞肥的妙用

「喂，山姆，你知道爲什麼施肥可以使玉米生長快速的原因嗎？」

「不知道。糞肥使土壤更適合育成玉米嗎？」

「好吧，我告訴你。玉米其實最討厭糞肥的味道。當糞肥放下去，玉米就會立刻從泥土中長出來，這樣才會長大，那麼就不必再聞糞肥的臭味了！」

英雄

威士忌瓶子被打破了，酒流到地板上，三隻老鼠把酒都舔光了。」

結果三隻老鼠都喝得醉倒，膽子也大起來，就開始說大話來。

第一隻老鼠：「我去找加斯亞斯，把他的腦袋敲爛。」

第二隻老鼠：「我要把毛澤東洗腦。」

第三隻老鼠：「都很好，但我要跟二樓的貓談情說愛！」

幻覺

二個喝醉的人在酒吧中聊天。

「昨晚我夢到了很奇怪的夢。」其中一人說道。「突然間有一千個奇怪的小人出現，在我身上跳舞。他們都戴著帽子，穿綠色衣服，脚上套上前端彎曲的紅色怪靴。」

「這樣嗎？」另一人附和道。「那靴子前面一定繫了小鈴吧。」

「哦，你怎麼會知道？」原先的男人驚叫道。

「不是有二個小人坐在你的肩膀上嗎？」

喝醉了

美國中南部的奧薩克丘陵地帶的地方，人們喝威士忌就像喝水一樣，因此在那裏，酩酊大醉有獨特的定義。

有天星期日，有一個男子因爲太陽太猛烈的關係，在路中央倒下去了。

「喝醉了。」警官說道。「帶到拘留所吧！」

「還不算醉，」一個村民抗議道。「現在他的手指不是在動嗎？」

吃飯規則

在非洲某處，小獅子正追著獵人跑。

母獅子就責備道。

「唔，好孩子，不要再把食物當玩具了。」

預算所致

動物園中新來的獅子拿著香蕉正在吃。可是就在隔壁的籠子裏，年老的獅子正津津有味地飽嘗大塊肉呢！新來的獅子忍不住問道。

「爲什麼你吃的是肉，我吃的却是香蕉？」

「這個動物園，」年老的獅子解釋道。「因爲預算不足，所以把你登記成猴子。」

死亡啓事

有一份同業雜誌，雖然已不再續訂，仍然不斷寄來預約通知書，於是那個訂戶就在最後機會的通知上，註明死亡二字。

結果數週後，在朋友的雜誌上，竟然發現自己的名字出現在死亡啓事上。

電影名字

電影的名字常常有更深一層的意義。

這是在西維琴尼亞的汽車電影院中發生的眞事。

正在放映當中的時候，突如其來的一陣強風，把螢幕吹得東歪西倒的。

掛在後面的背景上出現了一道標題，寫著：

「飄」

蟲與酒店

有個遊客在內布拉斯酒店的櫃台正要結帳時，帳簿上竟然出現蟑螂，把那個男子嚇了一跳，於是他就徐徐地說。

「聖祖兒酒店有跳蚤，在肯薩斯市被蜘蛛咬了，費多斯克多裏虱子橫行。現在能夠把蟑螂從旅客房間裏趕走的酒店，我還是第一次見。」

哲學家

維琴尼亞州某鄉鎮裏，有個從事熟皮生意的男子，剛剛在大街上開了間鋪子。

當店鋪裝修好後，他想到要裝上一個能夠吸引顧客的標誌。

考慮了數週後，終於想到了一個好點子，於是在門口的柱子上，弄了一個洞，將小牛的尾巴穿過去，讓尾巴迎風飄蕩起來。

不久，有個表情嚴肅的男子站在門口，徘徊不去，一直審視著小牛的尾巴。

於是店主人就覺得有點奇怪，走出去問道。

「您早啊！」

「早！」紳士回答道，但仍然盯著尾巴看。

「你想買皮件嗎？」

「不是。」

「那麼是要生皮囉？」

「不是。」

「你是農民嗎？」

「也不是。」

「那麼是商人嗎？」
「非也。」
「是律師？」
「不對。」
「醫師？」
「也不是。」
「那麼，你到底是什麼人呢？」
「我是哲學家。我一直站在這裏的原因，是想對小牛怎樣穿過這麼小的孔的疑問挑戰，希望想出答案！」

公事如此

巴諾山裏住了一個婦人，她寫了一封關於如何飼養雞的問題的信，寄到農業部。
——這個月來，每天早上都有三四隻雞，翻過來，四脚朝天的，到底什麼原因？——
農業部長就立刻召集了三名下屬，國務卿及三四名的大使，一起商討問題。

共同商議的結果，打了一封電報給婦人。

——你的雞已經死了——

思慮周詳

有精神病的女人對站長問道。

「北行的列車何時到達？」

「三點半。」

「南行的列車何時到達？」幾分鐘後又問道。

「四時十七分。」

婦人又問道。

「東行的列車呢？」

「今天晚上八時。」

等了一下子婦人又問道。

「那西行的列車呢？」

「明天才有。」站長不耐煩的回答道。
婦人一下子好像領悟似的說道。
「喂，威利！」婦人對著站在月台上的男子揮手叫道。「現在可以橫過鐵路了！」

交通警察

落日大道上執行職務的交通警察，常常跟莊士頓夫婦發生爭執。每天都因爲停車的問題，發生爭吵。

二人每天吃飯時都會談到這位交通警察如何令人生氣的事情，連喝酒時也會爲此而大發牢騷。

有一天，莊士頓對一位朋友說道。

「了不起！我終於把那警察臭罵一頓。」

「眞的嗎？」友人半信半疑地道。

「眞的啦。那時完全沖昏了頭，自己說了什麼也不知道。不過我確實這麼說了。『你以爲你是誰！希特勒還是神呢？難道忘了你是公僕嗎？只要使交通不發生事故就可以啦，請你不要再侮辱付了稅的好市民』」

「不錯嘛，了不起。」友人圓睜著眼說道。「那麼，那警察說什麼？」

「他給了我罰單。」莊士頓嘆息道。

寒氣

當我十歲的時候，有天冬天我和母親一起在鎮上散步。雖然十分寒冷，但我不怕冷，常常都把外衣的鈕扣打開來穿。

母親因爲受不了寒冷，終於認眞地對我說道。

「約翰夫，請你把外衣扣上。不然的話我會凍僵的。」

牛排騷動

有二位妻子在夏天一起去度假，把丈夫留在家裏。

有天晚上，二人買了四磅的沙朗牛排。

他們把牛排放在厨房的桌子上，然後到屋裏喝雞尾酒。後來正想要拿來烹煮時發現牛排不翼而飛。

儘管上天下地，到處搜尋也找不到。忽然間注意到屋子裏的角落處，有隻貓好像十分滿足地在整理嘴上的毛。

「死畜牲，那隻貓一定把牛排吃了。」一人叫道。

「要證明只有一個方法。」另一人說道，並把貓抓到浴室裏去，放在量重器上。

結果重量僅有四磅。

「對了，這就是我們的牛排了。」一人十分高興地叫道。「可是，貓在那裏呢？」

警犬

摩爾夫人在地方報紙上看到一則五十美元出售優良品種的警犬的廣告，於是立刻寄了一封信並付錢訂購。

數日後，却發現送來的狗是又小又弱的雜種狗。

夫人一時氣憤，打電話對登廣告的人怒罵道。

「到底是什麼血統優良的警犬！」

「沒有錯的，太太。」對方冷冷地囘答。「外表當然是看不出來的，因爲屬於便衣警犬嘛！」

抽煙

討厭煙味的男子，對旁邊抽著煙斗的男子無法再忍受下去，就問他是否基督徒。

「是啊！」

「你相信聖經裏說的話嗎？」

「當然相信啦。」

「那麼，你知道聖經裏有一節說汚穢的東西上不了天堂嗎？」

「唔，聽說過。」

「你因爲抽煙，所以不能入天堂。像煙這麼不乾淨的東西可說沒有。你說是嗎？」

「是啊！所以如果要上天堂的時候，我會把氣留在這個世上！」

天大的謊話

喬治十分熱衷釣魚，常常談到釣魚的事，就連自己是誰都忘記了。

「釣了什麼？」

「我釣了足足四十條鱒魚。」喬治吹牛道。

「你知道我是誰嗎？」說話的人繼續道。「我就是這邊的魚獲量監管人。你已經違反了法律。」

「哪你又知道我是誰嗎？我是附近幾州數一數二的吹牛專家。」

釣魚場

有一個加拿大人在艾利湖上釣魚，因爲嚮導十分優秀，所以找到一處極佳的釣魚場。

「這眞是大收獲啊！」他叫道。「明天一定能找同樣的地方？」

「我可以告訴你很好的辦法。」嚮導繃著臉說道。「若要記得釣魚場在那裏，只要在船頭刻上記號就可以。」

「這好嗎？如果明天找不到這艘船，怎麼辦？」

糊塗教授㈠

麻省理工大學的羅拔教授，是有名的糊塗教授。

有一天在街上和朋友說話，正要離開之際，羅拔教授一臉迷糊的說道。

「抱歉，史密斯先生，剛開始和你說話時，我正往何方走著呢？」

「你是往麻省大道的方向走的。」史密斯回答道。

「是嗎？那我不是已經吃了早餐了嗎？」

糊塗教授㈡

有個糊塗教授正在上動物學時，對學生說道。

「各位，今天要解剖青蛙，研究爲什麼它會咯咯叫。」

於是從口袋中拿出了紙盒，放在桌上打開，結果拿出來的却是一客火腿三明治。

「糟了，奇怪，不是吃過早餐了嗎？」

糊塗教授㈢

正在家中閱讀書本的教授，一下子找不到書籤而著急。

但手邊却沒有可以做書籤的東西。於是就拿了縫級機上的剪刀當書籤使用。

數分鐘後，教授太太就嚷著找不到剪刀。經過二小時的徹底的找尋，還是找不到。

第二天，教授在學生面前把書本打開。結果發現書籤正好放在裏面。

教授於是拿著剪刀，高舉著叫道。

「好棒哦！在這裏，孩子的媽！」

糊塗教授㈣

「車子怎麼啦？」丁格利夫人問道。

「不是開出去了嗎？」

「是啊。不是開到鎮上去了嗎？」

「奇怪了。我下車的時候，還回頭向在車子上的紳士打招呼，然後車子就走了，到底去了那裏，我也覺得很奇怪。」

糊塗教授㈤

妻：「喂，你記得二十五年前的今天是我們結婚的日子嗎？」

教授：「二十五年前，這很久啦！這還要好好想一下。總之當時是還未結婚吧！」

糊塗教授㈥

教授：「金打火機被人偷去了。」

妻子：「人家把手放在你的口袋，你難道不知道嗎？」

教授：「我還以爲是自己的手！」

糊塗教授㈦

教授：「對不起，你在我床上幹什麼？」

女孩：「我喜歡這張床，我也喜歡這裏，這是我的家，我很喜歡這間屋，我是你的太太！」

糊塗教授㈧

溺水的教授從水中被救起來後，小聲說道。

「該怎麼說呢！我現在才記得我也會游泳呀！」

糊塗教授㈨

糊塗教授正在書房中忙於工作，這時妻子進去說道。

「喂！你看到嗎？新聞報紙上有你的死亡啓事。」

「哦！那不是忘了送花圈了嗎？」教授目光離開書本，抬頭回答道。

糊塗教授㈩

友人：「教授，你生了二個孩子是嗎？是男是女？」

教授：「一個是女，一個是男吧，還是反過來呢？」

抓不準的公共汽車

「人是會下定義的動物。」說明人是喜歡下定義的。箴言和格言大都是定義式的，而字典的編輯大半也是做定義的工作。皮亞斯的「惡魔的字典」正是含蘊著皮亞斯獨特的人性洞察力的定義集。一方面隨時依據事物，作出幽默的定義，一方面能夠具備像諷刺漫畫的辛辣，可說是偉大的作品。

交通戰爭

行人唯一擁有交通優先權的時候，是乘坐急救車被送往醫院的時候。

在紐約要消磨時間的最好方法，是開車逛一圈。

洛城中只有二種的行人——快步走的人和死人。

紐約市林勢市長，引用交通當局負責人林勢局長的話：「今天要到西區的方法，只有是生長在那裏，否則別無辦法。」

演員

演員中，有好戰的、溫和的、多變的、陽剛的、愚蠢的、不顯著的、奇怪的、悲傷的、快樂的、醉酒的、健康的、有病的、愛談天的、感傷的……。

演員，就是會戴上假髮、脫下眼鏡，扁平足上穿了高跟鞋、穿上破舊的襪子後，再在身上穿起晚禮服的人。

演員最喜歡在大都市的博物館裏有掛上自己的肖像，而在高級的餐廳裏掛上自己的漫畫。

演員除了發狂以外，唯一害怕的事就是正常的時候。

演員，除了銀行存款以外，最關心在霓虹燈上有否掛上自己的名字。

演員只有在擁有的剪報本上，才表現新聞自由的偉大性。他會把所有的惡評也貼起來。

演員擁有以前還未發明萬靈藥時的萬靈藥，那就是奉承了。

演員絕不停止活動。雖然會說不喜歡巡迴演出，但仍然期待大受歡迎，而在百老滙演出。

演員爲了成爲大家談論有關荷里活的問題，都很喜歡在電影裏出現。

演員不管是工作也好，生孩子也好，任何事都喜歡爭先搶著做。

演員常一見鍾情，再見就結婚，然後就拋諸腦後。

演員，就算是被拖著走，流血，被利用，被痛罵，被踢，被愛撫——只要有一人在看，就能夠帶著笑臉重新站起來。

荷里活狂想曲

在荷里活結婚是離婚的充分條件。

荷里活的正式飲料是結婚破產——威士忌加冰的諧言。

荷里活的小孩正在玩家家酒。有個小孩說道：「我想大家可以成爲一個大家族，三個爸爸、三個媽媽！」

荷里活明星令人感傷的故事是母親還在穿結婚衣服時却說要離婚了。那個小孩在學校裏十分驕傲，因爲家長會時很多父母親一起出席。

在荷里活，花束的壽命比新郎的日子長。

在荷里活要秘密結婚是不可能的。因爲離婚時必定會弄得盡人皆知。

有個女演員，介紹第八任丈夫與第一任婚姻時所生的女兒認識。「現在替你介紹你的父親，你們聊聊吧！」

「好啊！爸爸，請在來客登記簿上簽名。」

在荷里活，夫婦只在婚後才不再在一起。

在荷里活，男女的友情不能持久，因爲很快就要譜上結婚的休止符。

丈夫

丈夫，就是嘗試運氣而過份逞能的愛人。

丈夫，就是在家中，圍裙下穿褲子的人。

丈夫，就是爲了太太財產而結婚，每天把財產亂花的人。

丈夫，就是對自己所擁有的特權完全不知，而且全部放棄的人。

通貨膨漲

美國人的力量越來越大了。二十年前十元的食品要搬運的話，需要二個人，但今天只要我的孩子就可以啦。

通貨膨漲就是你一小時賺四元，但你的妻子却一分鐘就花掉六元。

一元紙幣上絕不會有細菌，因為細菌也不吃一元。

今天的世界，就算是「貧窮仍能有幸福的方法」的書也要賣十美元。

從外表怎樣證明是否假貨的最好證據，就是一元紙幣的外表和十五年前一模一樣。

女性的內衣

胸罩，不會改變女性的體重，只是把體重移動至更有趣的地方。

胸罩是防止不幸情況惡化的工具。

胸罩的吊帶是一條帶子能夠使吸引力不會成為出糗的事。

無上裝

現在我唯一擔心的事是女侍應會不會把手指放進湯裏面。

我對無上裝的女侍應、酒吧的女服務員，或擦鞋的女性都沒有興趣。因為得到禮物的最大快樂在於如何打開它。

我的希望就是想看無上裝女孩彈手風琴。

一個無上裝女侍應就是一個你會非常緩慢地往上看的女孩。

客人向無上裝女侍應點食物時，會一樣一樣的點。

西部

牛仔的不滿。

「所謂西部，就是牛比全世界都多，但却沒有牛油的地方。可以看得很遠，但可以看的東西沒有。」

編輯

有個憤怒的作家，對編輯所下的定義。

——像破十戒一樣容易地把約定撕毀，自傲能夠用原子筆直接玩猜字遊戲，而每次與他們握手時，我都會數一下我的手指。

天氣

一年四季氣候如一的夏威夷，到底聊天時以什麼爲開場白。

芝加哥的風十分強烈，吐痰時飛入眼睛。

加州很棒，霧消失的時候，光化學霧會出現。

晚上的太陽

人們踏上月球的第一步是發生在一九六九年七月二十日，在那天令人興奮的日子，有一個以色列人對美國朋友說道。

「這確實是一個壯舉，不過我們以色列人已經有驚人的計劃，正計劃要派人駕駛，飛往太陽。」

「飛向太陽？」美國人叫道。「可是，光、熱和放射線怎樣應付？」

以色列人笑道。

「我們不會那麼傻的，晚上飛行不就行了。」

回聲

美國人和蘇格蘭人在高原上散步。

蘇格蘭人爲了介紹家鄉偉大之處，就在有名的囘聲風區，大聲地叫起來。

大概過了四分鐘，囘聲才囘來，蘇格蘭人就對美國人驕傲地叫道。

「怎麼樣，你的國家沒有這麼厲害吧！」

「這是沒有的。」美國人說道。「在洛磯山脈中露營時，我從營幕中出來大叫一聲。

『起來了，快醒吧！』

然後八小時後，當囘聲囘來時，正好把我叫醒。」

德州人

純德州人組成的部隊登陸北非。

連長對全軍發出警告。

「不要忘記，這裏的土人沒有幽默感，如果他說非州比德州大的說話，則不要駁斥他。」

休息

椰子樹下休息的非洲人正悠閒地坐著，路過的美國人問道。

「喂，你到底在做什麼？在這種地方坐著，爲什麼不努力工作呢，耕田啦，掘礦啦，蓋房子啦？」

「爲了什麼？」非洲人回答道。

「爲了貿易。」美國人說道。

「爲什麼要貿易？」

「爲了要存錢呀！」

「錢有什麼用？」

「有錢就有空閒。」

「空閒又爲了什麼？」

「空閒的話，就可以休息呀！」

「爲什麼要做這麼多事情呢？我不是正在休息嗎？」

國家特性

各國的人爲象寫了很多書。
德國人寫了三本有很豐富注釋的書，名字叫「象的研究諸論」。
法國人寫了一本薄薄的書，名字是「象及其性生活」。
英國人寫了一本圖文並茂的旅行指南，名字是「非州內地獵象記」。
美國人寫了一本宣傳小册子，名字是「兼顧趣味和利益的家中育象法」。
猶太人寫了一本鬥爭用的小册子，名字叫「象與反猶太主義」。

大展出版社有限公司	圖書目錄
地址：台北市北投區11204 致遠一路二段12巷1號 郵撥： 0166955～1	電話：(02) 8236031 8236033 傳眞：(02) 8272069

•法律專欄連載•電腦編號58

台大法學院 法律學系／策劃
法律服務社／編著

①別讓您的權利睡著了[1]	180元
②別讓您的權利睡著了[2]	180元

•婦 幼 天 地•電腦編號16

①八萬人減肥成果	黃靜香譯	150元
②三分鐘減肥體操	楊鴻儒譯	130元
③窈窕淑女美髮秘訣	柯素娥譯	130元
④使妳更迷人	成　玉譯	130元
⑤女性的更年期	官舒妍編譯	130元
⑥胎內育兒法	李玉瓊編譯	120元
⑦愛與學習	蕭京凌編譯	120元
⑧初次懷孕與生產	婦幼天地編譯組	180元
⑨初次育兒12個月	婦幼天地編譯組	180元
⑩斷乳食與幼兒食	婦幼天地編譯組	180元
⑪培養幼兒能力與性向	婦幼天地編譯組	180元
⑫培養幼兒創造力的玩具與遊戲	婦幼天地編譯組	180元
⑬幼兒的症狀與疾病	婦幼天地編譯組	180元
⑭腿部苗條健美法	婦幼天地編譯組	150元
⑮女性腰痛別忽視	婦幼天地編譯組	130元
⑯舒展身心體操術	李玉瓊編譯	130元
⑰三分鐘臉部體操	趙薇妮著	120元
⑱生動的笑容表情術	趙薇妮著	120元
⑲心曠神怡減肥法	川津祐介著	130元
⑳內衣使妳更美麗	陳玄茹譯	130元

•青 春 天 地•電腦編號17

①A血型與星座	柯素娥編譯	120元

②B血型與星座	柯素娥編譯	120元
③O血型與星座	柯素娥編譯	120元
④AB血型與星座	柯素娥編譯	120元
⑤青春期性教室	呂貴嵐編譯	130元
⑥事半功倍讀書法	王毅希編譯	130元
⑦難解數學破題	宋釗宜編譯	130元
⑧速算解題技巧	宋釗宜編譯	130元
⑨小論文寫作秘訣	林顯茂編譯	120元
⑩視力恢復！超速讀術	江錦雲譯	130元
⑪中學生野外遊戲	熊谷康編著	120元
⑫恐怖極短篇	柯素娥編譯	130元
⑬恐怖夜話	小毛驢編譯	130元
⑭恐怖幽默短篇	小毛驢編譯	120元
⑮黑色幽默短篇	小毛驢編譯	120元
⑯靈異怪談	小毛驢編譯	130元
⑰錯覺遊戲	小毛驢編譯	130元
⑱整人遊戲	小毛驢編譯	120元
⑲有趣的超常識	柯素娥編譯	130元
⑳哦！原來如此	林慶旺編譯	130元
㉑趣味競賽100種	劉名揚編譯	120元
㉒數學謎題入門	宋釗宜編譯	150元
㉓數學謎題解析	宋釗宜編譯	150元
㉔透視男女心理	林慶旺編譯	120元
㉕少女情懷的自白	李桂蘭編譯	120元
㉖由兄弟姊妹看命運	李玉瓊編譯	130元
㉗趣味的科學魔術	林慶旺編譯	150元
㉘趣味的心理實驗室	李燕玲編譯	150元
㉙愛與性心理測驗	小毛驢編譯	130元
㉚刑案推理解謎	小毛驢編譯	130元
㉛偵探常識推理	小毛驢編繹	130元

•健 康 天 地•電腦編號18

①壓力的預防與治療	柯素娥編譯	130元
②超科學氣的魔力	柯素娥編譯	130元
③尿療法治病的神奇	中尾良一著	130元
④鐵證如山的尿療法奇蹟	廖玉山譯	120元
⑤一日斷食健康法	葉慈容編譯	120元
⑥胃部強健法	陳炳崑譯	120元
⑦癌症早期檢查法	廖松濤譯	130元

⑧老人痴呆症防止法	柯素娥編譯	130元
⑨松葉汁健康飲料	陳麗芬編譯	130元

・超現實心理講座・電腦編號22

①超意識覺醒法	詹蔚芬編譯	130元
②護摩秘法與人生	劉名揚編譯	130元
③秘法！超級仙術入門	陸　明譯	150元

・心靈雅集・電腦編號00

①禪言佛語看人生	松濤弘道著	150元
②禪密教的奧秘	葉逯謙譯	120元
③觀音大法力	田口日勝著	120元
④觀音法力的大功德	田口日勝著	120元
⑤達摩禪106智慧	劉華亭編譯	150元
⑥有趣的佛教研究	葉逯謙編譯	120元
⑦夢的開運法	蕭京凌譯	130元
⑧禪學智慧	柯素娥編譯	130元
⑨女性佛教入門	許俐萍譯	110元
⑩佛像小百科	心靈雅集編譯組	130元
⑪佛教小百科趣談	心靈雅集編譯組	120元
⑫佛教小百科漫談	心靈雅集編譯組	150元
⑬佛教知識小百科	心靈雅集編譯組	150元
⑭佛學名言智慧	松濤弘道著	180元
⑮釋迦名言智慧	松濤弘道著	180元
⑯活人禪	平田精耕著	120元
⑰坐禪入門	柯素娥編譯	120元
⑱現代禪悟	柯素娥編譯	130元
⑲道元禪師語錄	心靈雅集編譯組	130元
⑳佛學經典指南	心靈雅集編譯組	130元
㉑何謂「生」　阿含經	心靈雅集編譯組	130元
㉒一切皆空　般若心經	心靈雅集編譯組	130元
㉓超越迷惘　法句經	心靈雅集編譯組	130元
㉔開拓宇宙觀　華嚴經	心靈雅集編譯組	130元
㉕真實之道　法華經	心靈雅集編譯組	130元
㉖自由自在　涅槃經	心靈雅集編譯組	130元
㉗沈默的教示　維摩經	心靈雅集編譯組	130元
㉘開通心眼　佛語佛戒	心靈雅集編譯組	130元
㉙揭秘寶庫　密教經典	心靈雅集編譯組	130元
㉚坐禪與養生	廖松濤譯	110元

㉛釋尊十戒	柯素娥編譯	120元
㉜佛法與神通	劉欣如編著	120元
㉝悟（正法眼藏的世界）	柯素娥編譯	120元
㉞只管打坐	劉欣如編譯	120元
㉟喬答摩・佛陀傳	劉欣如編著	120元
㊱唐玄奘留學記	劉欣如編譯	120元
㊲佛教的人生觀	劉欣如編譯	110元
㊳無門關（上卷）	心靈雅集編譯組	150元
㊴無門關（下卷）	心靈雅集編譯組	150元
㊵業的思想	劉欣如編著	130元
㊶		

・經 營 管 理・電腦編號01

◎創新經營管理六十六大計（精）	蔡弘文編	780元
①如何獲取生意情報	蘇燕謀譯	110元
②經濟常識問答	蘇燕謀譯	130元
③股票致富68秘訣	簡文祥譯	100元
④台灣商戰風雲錄	陳中雄著	120元
⑤推銷大王秘錄	原一平著	100元
⑥新創意・賺大錢	王家成譯	90元
⑦工廠管理新手法	琪　輝著	120元
⑧奇蹟推銷術	蘇燕謀譯	100元
⑨經營參謀	柯順隆譯	120元
⑩美國實業24小時	柯順隆譯	80元
⑪撼動人心的推銷法	原一平著	120元
⑫高竿經營法	蔡弘文編	120元
⑬如何掌握顧客	柯順隆譯	150元
⑭一等一賺錢策略	蔡弘文編	120元
⑮世界經濟戰爭	約翰・渥洛諾夫著	120元
⑯成功經營妙方	鐘文訓著	120元
⑰一流的管理	蔡弘文編	150元
⑱外國人看中韓經濟	劉華亭譯	150元
⑲企業不良幹部群相	琪輝編著	120元
⑳突破商場人際學	林振輝編著	90元
㉑無中生有術	琪輝編著	140元
㉒如何使女人打開錢包	林振輝編著	100元
㉓操縱上司術	邑井操著	90元
㉔小公司經營策略	王嘉誠著	100元
㉕成功的會議技巧	鐘文訓編譯	100元
㉖新時代老闆學	黃柏松編著	100元

㉗如何創造商場智囊團	林振輝編譯	150元
㉘十分鐘推銷術	林振輝編譯	120元
㉙五分鐘育才	黃柏松編譯	100元
㉚成功商場戰術	陸明編譯	100元
㉛商場談話技巧	劉華亭編譯	120元
㉜企業帝王學	鐘文訓譯	90元
㉝自我經濟學	廖松濤編譯	100元
㉞一流的經營	陶田生編著	120元
㉟女性職員管理術	王昭國編譯	120元
㊱ＩＢＭ的人事管理	鐘文訓編譯	150元
㊲現代電腦常識	王昭國編譯	150元
㊳電腦管理的危機	鐘文訓編譯	120元
㊴如何發揮廣告效果	王昭國編譯	150元
㊵最新管理技巧	王昭國編譯	150元
㊶一流推銷術	廖松濤編譯	120元
㊷包裝與促銷技巧	王昭國編譯	130元
㊸企業王國指揮塔	松下幸之助著	120元
㊹企業精銳兵團	松下幸之助著	120元
㊺企業人事管理	松下幸之助著	100元
㊻華僑經商致富術	廖松濤編譯	130元
㊼豐田式銷售技巧	廖松濤編譯	120元
㊽如何掌握銷售技巧	王昭國編著	130元
㊾一分鐘推銷員	廖松濤譯	90元
㊿洞燭機先的經營	鐘文訓編譯	150元
51ＩＢＭ成功商法	巴克・羅傑斯著	130元
52新世紀的服務業	鐘文訓編譯	100元
53成功的領導者	廖松濤編譯	120元
54女推銷員成功術	李玉瓊編譯	130元
55ＩＢＭ人才培育術	鐘文訓編譯	100元
56企業人自我突破法	黃琪輝編著	150元
57超級經理人	羅拔・海勒著	100元
58財富開發術	蔡弘文編著	130元
59成功的店舖設計	鐘文訓編著	150元
60靈巧者成功術	鐘文訓編譯	150元
61企管回春法	蔡弘文編著	130元
62小企業經營指南	鐘文訓編譯	100元
63商場致勝名言	鐘文訓編譯	150元
64迎接商業新時代	廖松濤編譯	100元
65透視日本企業管理	廖松濤　譯	100元
66新手股票投資入門	何朝乾　編	150元
67上揚股與下跌股	何朝乾編譯	150元

國立中央圖書館出版品預行編目資料

美國式幽默／幽默選集編譯組編譯--初版
--臺北市：大展，民83
面；　　公分　--（消遣特輯；51）
ISBN 957-557-426-5（平裝）

874.6　　　　83000471

美國式幽默

ISBN 957-557-426-5

編譯者／幽默選集編譯組
發行人／蔡　森　明
出版者／大展出版社有限公司
社　址／台北市北投區（石牌）
致遠一路二段12巷1號
電　話／（02）8236031・8236033
傳　眞／（02）8272069
郵政劃撥／0166955－1
登記證／局版臺業字第2171號

法律顧問／劉　鈞　男　律師
承印者／國順圖書印刷公司
裝　訂／日新裝訂所
排版者／千賓電腦打字有限公司
電　話／（02）8836052
初　版／1994年（民83年）2月
定　價／130元

大展好書　好書大展